Scherz Krimi

Spannung mit Niveau

W0472750

Edgar Wallace

Die Diamantenbrosche

Scherz
Bern – München – Wien

Ungekürzte und neu übersetzte Ausgabe
Übertragung aus dem Englischen von Wolfgang Rhiel
und Renate Orth-Guttmann
Titel der Originale: »Kennedy the Con. Man« und
»The Case of Joe Attymar«
Schutzumschlag von Heinz Looser

1. Auflage 1983, ISBN 3-502-50923-9
Copyright © 1983 an der neuen deutschen Textfassung beim
Scherz Verlag Bern und München
Gesamtherstellung: Ebner Ulm

Die Diamantenbrosche

1

Der Mann, der mit einem Anflug von Unbekümmertheit auf der Anklagebank des Polizeigerichts im Nordwesten Londons saß, gab sich mit einer gewissen herablassenden Würde. Auf seinem bärtigen Gesicht lag ein halb verächtliches, halb belustigtes Lächeln.

Wenn er sich von Zeit zu Zeit mit den langen, blassen Fingern durch das üppige goldbraune Haar fuhr, das von der hohen, schmalen Stirn nach hinten gekämmt war, verriet diese Bewegung weder Nervosität noch Verärgerung. Es war eine Angewohnheit.

Obwohl er weder Kragen noch Krawatte trug und seine Kleidungsstücke und die Lackschuhe noch der Schmutz der letzten Nacht bedeckte, war das, was er anhatte, neu und gut geschnitten. Der Diamantring an seiner Hand, der im frühen Morgenlicht herausfordernd funkelte, ließ mit einiger Sicherheit auf einen Wohlstand schließen, der vorübergehend, aber auch von Dauer sein konnte.

Als er festgenommen wurde, befanden sich in seinem Besitz »die Summe von 87 Pfund, 10 Shilling in Banknoten des Schatzamtes, 15 Shilling in Silbergeld, ein Zigarettenetui aus Gold und Platin, eine kleine, aber sehr teure Flasche Parfum (ungeöffnet) und ein paar Schlüssel«, um die genaue Aufstellung des Polizeibeamten zu zitieren, der als Zeuge in der Sache ausgesagt hatte.

Der Mann hieß Wladimir Litnoff. Er war russischer Staatsbürger und übte den Beruf des Schauspielers aus. Er hatte in russischen Stücken gespielt und sprach Englisch mit kaum wahrnehmbarem Akzent.

Wenn er dem Wein, wie am Abend zuvor, zugesprochen hatte, sprach er offenbar fast nur Russisch, so daß die beiden Polizisten, die die Anklage wegen Trunkenheit, Beleidigung und ungehörigen Benehmens bekräftigten, sich nur auf seine abfälligen Gesten berufen konnten, um ihre Beschuldigungen zu stützen.

Der Richter nahm die Brille ab und lehnte sich mürrisch in seinem Sessel zurück. »Solange Sie in diesem Land leben, müssen Sie sich anständig aufführen«, erklärte er förmlich. »Sie werden jetzt schon das zweitemal des ungehörigen Verhaltens beschuldigt, und Sie werden 20 Shilling Strafe und 7 Shilling 6 Pence Verfahrenskosten zahlen.«

Mr. Litnoff lächelte, verbeugte sich gewandt und trat schnell aus der Anklagebank.

Inspektor Gaylor, der auf dem Korridor wartete, um als Zeuge in einem weit schwereren Fall auszusagen, sah ihn vorbeigehen und erwiderte gutgelaunt sein Lächeln. Der Polizeibeamte, der den Russen »aufgegriffen« hatte, kam hinter ihm aus dem Gerichtssaal.

»Wer war denn das?« erkundigte sich Gaylor.

»Ein Russe, Sir. Er war ganz schön voll ... betrunken, in der Brompton Road. Er hatte eigentlich genug, wollte aber nicht gehen, mit seiner komischen Brosche.«

»Seiner was?« fragte der Inspektor.

»Das sagte er, als ich ihn festnahm – fast das einzige, was er auf englisch sagte. ›Sie sollen meine schöne Brosche haben – ist zehntausend wert!‹ Ich wußte gar nicht, was er meinte. Dann sagte er noch, daß er Besitz in Monro habe – das schrie er den Leuten zu, als ich und Kollege Leigh ihn abführten.«

»Monro – das ist doch irgendwo in Schottland.«

Aber da wurde Gaylor in den Gerichtssaal gerufen.

Als er später am Abend die Nachtausgabe seiner Zeitung überflog, stieß er auf einen Bericht über die Verhandlung am Polizeigericht mit der Überschrift BESTECHUNGSVERSUCH AN EINEM POLIZISTEN. Unter anderem hieß es darin:

... der Polizeibeamte Smith erklärte, der Verhaftete habe ihm eine Diamantbrosche im Wert von zehntausend Pfund angeboten, wenn er ihn laufenlasse. »Befand sich diese Brosche in seinem Besitz?« fragte der Richter. »Nein, Euer Ehren«, erwiderte der Zeuge, »in seinem Kopf.« Allgemeines Gelächter ...

»Reeder würde bestimmt etwas ganz Verdächtiges dahinter wittern«, sagte Gaylor zu seiner jungen Frau. Sie lächelte.

Sie mochte J.G. Reeder und bedauerte ihn fälschlicherweise. Er wirkte so rührend unzulänglich und hilflos, verglichen mit den mächtigen und fähigen Leuten von Scotland Yard. Viele bedauerten Reeder, aber es gab durchaus auch einige, die das nicht taten.

Jake Alsby beispielsweise bedauerte nur sich selbst. Er saß an den langen Winterabenden in seiner Zelle in Dartmoor und dachte an Reeder in alles anderer als wohlwollender Art. Er hatte eine schöne, große und gemütliche Zelle mit gewölbter Decke. Auf einem Regal stand ein Foto seiner Familie – seine Frau, ein kleiner, häßlicher Junge von zehn und ein sechs Monate altes Baby mit aufgerissenem Mund. Jake selbst hatte das Baby noch gar nicht gesehen. Ihm war egal, ob er seine Frau oder die Kinder je wiedersah. Das Bild diente ihm nur dazu, seinen nachlassenden Haß anzufachen. Es erinnerte Jake daran, daß der schändliche Meineid J.G. Reeders ihn seiner Familie entrissen und in einen finsteren Kerker gebracht hatte.

Es traf zu, daß er Noten der Bank von England gefälscht hatte, mit der Ware gefaßt und sein Betrieb aufgespürt worden war, und es traf auch zu, daß er wegen des gleichen Vergehens schon einmal überführt worden war. Aber es stimmte nicht, wie Reeder beeidet hatte, daß er am Montag vor seiner Verhaftung in der Nähe von Marble Arch gesehen worden war. Es war am Dienstag gewesen, und Reeder hatte folglich einen Meineid geschworen.

Jake erhielt den Brief eines Freundes, der vor kurzem aus der Gastfreundschaft des Gefängnisses Ihrer Majestät in Princetown entlassen worden war. Er enthielt unter anderem folgende Nachricht:

... hab gestern Deinen alten Freund Reeder gesehen er war bei diesem Machfield-Fall der den alten Jungen umgelegt hat ein ihm zugedachtes Ende Reeder ist kein Tag älter geworden und hat mich gefragt wie es Dir geht und ich hab gesagt gut und er hat gesagt wie schade das er nur sieben gekriegt hat hätte zehn kriegen sollen und ich habe gesagt ...

Drei Monate nach dem Eintreffen dieses Briefes wurde Jake Alsby entlassen. Ein Teil seiner Strafe war ihm wegen guter Führung erlassen worden. Am Tag seiner Entlassung fuhr er nach London, wo er seine Kinder im Armenhaus antraf, da seine Frau mit einem besseren Mann nach Kanada durchgebrannt war. Fast jeder Mann war besser als Jake Alsby.

Ein kleiner Scherz von Reeder! dachte er grimmig.

Wilder Haß beflügelte ihn, und er ging daran, seinen Mann zu suchen.

Er nahm nicht den direkten Weg zu Reeders Büro, denn er mußte telefonieren, bestimmte Bekanntschaften wieder auffrischen. In einem sehr angesehenen Wirtshaus kam er dabei mit einem bärtigen Mann zusammen, der abwechselnd englisch und eine seltsam unverständliche Sprache sprach. Er trug weder Kragen noch Krawatte – wenn Wladimir Litnoff beim vierten Whisky angekommen war, legte er regelmäßig beides ab – und erzählte laut von einer Diamantbrosche von sagenhaftem Wert. Jake war fasziniert und blieb noch sitzen. Er trank ein Glas mit dem Mann, dessen Sprache möglicherweise Russisch, dessen Geld aber fraglos englisch war, wie auch hin und wieder das, was er sagte.

»Du fragst, mein Freund, was für'n Beruf ich habe?

Schauspieler, ja. Aber es lohnt sich nicht. Die Impresarios sind Gauner – alles Gauner. Aber meine beste Rolle? Ich bin krank! Das ist eine gute Rolle! Delirium – wie sagt ihr? Hinfällig? Ja, hinfällig – Stimme schwach, verstehst du?«

»Ich kenne den Schwindel«, erklärte Jake und nickte wissend. »Du kaust Seife.«

»Ah – abscheulich – nein ... *ti dourak*!«

Jake wußte nicht, daß er als Dummkopf beschimpft wurde, wäre aber auch kaum verärgert gewesen, wenn er es gewußt hätte. Er war sich ganz sicher, daß er einen großzügigen Geldgeber aufgetan hatte, einen fürstlichen Kumpel, wie er ihm, verklärt durch den Alkohol, erschien. Noch hatte er nicht das Stadium erreicht, wo er jemanden anpumpen wollte. Als er es wollte, überkam ihn das Verlangen, über sein kostbarstes Geheimnis zu reden.

»Schon mal was von einem Kerl namens Reeder gehört?« fragte er dunkel. »Richtig mieses Schwein – komm, wir geh'n hin!«

»Ach!« wandte sein neugefundener Freund ein.

»Komm, wir geh'n hin!« beharrte Jake.

Der bärtige Mann leerte sein Glas bis auf den letzten Tropfen, packte Jake in stürmischer Herzlichkeit am Arm und führte ihn von der Theke weg. Die Nacht war so kalt, daß Jake sich duckte.

»Wir machen ihn fertig«, sagte er mit belegter Stimme.

»Warum denn umbringen, mein Freund, he?« Sie gingen Arm in Arm und mit unsicheren Schritten. Einmal wurde Jake von einem plötzlichen Stoß in den Rinnstein gedrängt. »Leben – trinken! Sieh dir meine herrliche Brosche an ... mein Gut ... Weinberge ... Berge ... ich werd es dir erzählen, mein Freund – irgend jemand muß es wissen ...«

Die Straße, durch die sie gingen, war sehr dunkel. Viele kleine Läden säumten sie. Jake erinnerte sich, daß sie gerade an einem Milchgeschäft vorbeigekommen waren, als er merkte, daß mitten auf dem Weg ein Mann stand.

»Hallo ... Soll ich ... hast du eine Brosche?« Es war Wladimir Litnoff, der redete. Er war sehr betrunken. Der Fremde sagte kein Wort.

Das Krachen der Detonation ließ Jake Alsby herumschnellen. Noch nie hatte er einen Schuß aus dieser Nähe gehört. Er sah, wie der Russe schwankte, den Kopf gesenkt, als lausche er auf etwas. Mit beiden Händen betastete er seine Weste.

»He ... was soll das?« Jake war inzwischen nüchtern.

Der Mann kam näher, stürzte an ihm vorbei und stieß ihn dabei mit der Schulter zur Seite. Jake taumelte. Als er sich umsah, hatte sich der Schütze in der undurchdringlichen Dunkelheit aufgelöst – direkt auf ihrer Höhe war die schmale Öffnung eines Durchgangs.

»Verletzt, Kumpel?«

Der Russe war in die Knie gegangen und griff sich noch immer an die Weste. Dann fiel er nach vorne und schlug mit furchtbarer Wucht auf das Pflaster.

Jake merkte, wie er weiß wurde. Er blickte sich um, wandte sich ab und floh. Mord – damit wollte er nichts zu tun haben. Das war es nämlich, Mord.

Er hetzte um die nächste Ecke direkt in die Arme eines Polizisten. Pfeifen schrillten. Er kämpfte, um zu entkommen, erkannte jedoch die Aussichtslosigkeit einer solchen Hoffnung, denn von überallher kamen Polizisten angerannt.

»Ich hab nichts getan ... da um die Ecke liegt jemand, tot ... wer ihn erschossen hat, weiß ich nicht.«

Zwei Beamte nahmen ihn mit zur Wache. Vorsichtshalber wurde er durchsucht. In der rechten Tasche seines Mantels fand man eine Pistole, aus der vor kurzem ein Schuß abgegeben worden war.

2

J.G. Reeder läutete und seufzte. Er seufzte, weil er bereits zum viertenmal läutete, ohne daß sich etwas rührte.

Es gab Augenblicke, da sah er sich in das Zimmer nebenan gehen und Miss Gillette in festem, aber väterlichem Ton zur Rede stellen. Er würde ihr die Unmöglichkeit der Lage erklären, die sich ergab, wenn eine Sekretärin nicht darauf reagierte, wenn ihr Arbeitgeber sie rief. Er würde darauf bestehen, daß sie keine Liebes- oder Abenteuerromane mit ins Büro brachte, und wenn doch, daß sie sie nicht während der Arbeitszeit las. Er würde ihr ebenso fest und väterlich klarmachen, daß es vielleicht für alle Beteiligten das beste sei, wenn sie sich eine neue Stelle bei jemandem suchte, der in Fragen der Pflichtauffassung weniger exakte Ansichten hatte. Aber jedesmal, wenn er sich nach dem vierten Läuten aus seinem Sessel erhob, fest entschlossen, die Angelegenheit hier und jetzt zu erledigen, setzte er sich wieder und läutete ein fünftes Mal.

»Mein liebes Kind«, seufzte Reeder. »Das ist sehr ärgerlich.«

In dem Augenblick kam Miss Gillette ins Zimmer. Sie war hübsch, zierlich und klein und hatte eine Stupsnase und einen makellosen Teint. Ihr mattgoldenes Haar war etwas ungepflegt.

»Entschuldigen Sie«, sagte sie. »Haben Sie geläutet?«

Zwischen den Fingern hielt sie eine lange jadegrüne Zigarettenspitze. Reeder hatte sie einmal gebeten, nicht rauchend in sein Büro zu kommen. Jetzt hatte sie die Zigarettenspitze ständig in der Hand, und er gab sich mit diesem Kompromiß zufrieden.

»Ich glaube schon«, entgegnete er freundlich.

»Ich meine auch.«

Reeder wand sich gequält, als sie die Zigarettenspitze auf den Kaminsims legte, einen Stuhl heranzog und sich an seinen Schreibtisch setzte. Sie trug einen Block unter dem

Arm, den sie aufschlug und auf den Tisch legte.

»Spucken Sie's aus«, sagte sie, und wieder wand sich Reeder gequält.

Das Problem mit Miss Gillette war ihre Tüchtigkeit. Hätte sie Fehler gemacht, Briefe in den falschen Umschlag gesteckt oder Verabredungen vergessen, hätte sich Reeder mit dem Ausdruck des Bedauerns von ihr trennen können. Aber sie war erschreckend tüchtig und hatte sich unentbehrlich gemacht. Innerhalb kürzester Zeit hatte sie sich zu einer Gewohnheit und einem Teil des Inventars entwickelt.

»Wollen Sie damit andeuten, daß ich diktieren kann?« erkundigte er sich würdevoll.

Eine andere Frau wäre bei diesem Vorwurf in sich zusammengesunken, nicht aber Miss Gillette. Sie schloß nur kurz die Augen.

»Fangen wir einfach an«, sagte sie dann, und nun war Reeder der Getadelte.

»Dies ist ein Bericht über den Fall Wimburg«, erklärte er und begann stockend mit dem Diktat.

Je länger er diktierte, desto schneller sprach er. Nicht ein einziges Mal unterbrach ihn Miss Gillette mit einer Frage, um etwas Zeit zu gewinnen und mit dem Schreiben nachzukommen. Nur das Rascheln der Seiten war zu hören, wenn sie ihren Stenogrammblock umblätterte.

»Das wär's«, sagte er schließlich, ein wenig außer Atem. »Ich hoffe, es war nicht zu schnell für Sie.«

»Ich habe kaum gemerkt, daß wir von der Stelle gekommen sind«, erwiderte sie, befeuchtete den Finger und blätterte zurück. »Sie haben dreimal ›unbedeutend‹ gebraucht; einmal meinten Sie damit ›unzulänglich‹, einmal ›unwirklich‹. Ich schlage vor, daß wir das ändern.«

Unbehaglich bewegte Reeder sich in seinem Sessel. »Sind Sie sicher?« fragte er schwach.

Sie war sich immer sicher, denn sie hatte immer recht.

»Irgendwelche Termine?« erkundigte er sich.

Es lag nichts vor. Reeder wußte es, bevor er fragte. An

dieser Stelle verflog sein täglicher Ärger jedesmal.

»Nichts in den Zeitungen, nehme ich an?«

»Nichts, bis auf den Mordfall in Pimlico. Das lustige ist, daß der Mann, der ermordet wurde ...«

»Daran ist doch nichts – hm – Lustiges, junge Dame«, murmelte Reeder. »Lustig! Mein Gott!«

»Ich meinte mit ›lustig‹ nicht ›spaßig‹, sondern ›eigenartig‹«, erklärte sie. »Wenn Sie sich damit für mein ›unbedeutend‹ von eben revanchieren wollten, ist Ihnen das gelungen. Es war Wladimir Litnoff – Sie wissen doch, der Betrunkene, der behauptete, eine kostbare Brosche zu besitzen.«

Reeder nickte schweigend. Offensichtlich war Litnoffs Tod keine Nachricht, die ihn beunruhigte.

»Das ist meine Veranlagung, meine Liebe. Ich sehe das Schlechte, wo andere Menschen nur Harmlosigkeit erkennen. Und doch habe ich bezüglich der menschlichen Beziehungen die freundschaftlichsten und wohlwollendsten Ansichten. Hm. Der junge Mann zum Beispiel, mit dem Sie im Astor-Kino waren ...«

»War der junge Mann, den ich heiraten werde, wenn wir beide zusammen genug verdienen«, fiel sie ihm ins Wort. »Aber, verdammt, wieso haben Sie uns gesehen?«

»Sch!« machte Reeder entsetzt. »So starke – hm – Worte sind – hm – äußerst ...«

»Setzen Sie sich!« sagte sie, und Reeder, der zwar wenig über die Rechte einer Sekretärin wußte, aber ganz sicher war, daß es außerhalb ihrer Befugnisse lag, ihrem Arbeitgeber in dessen eigenem Büro den Befehl zu geben, sich zu setzen, setzte sich.

»Ich mag Sie, John oder Jonas, oder was das ›J‹ sonst heißt«, fuhr sie mit unverschämter Gelassenheit fort. »Als ich herkam, wußte ich nicht, daß Sie Detektiv sind. Ich habe schon für unzählige müde Geschäftsleute gearbeitet, die immer gegen Abend schön munter wurden und mich zum Essen einluden, aber noch nie für einen Detektiv. Und Sie sind so ganz anders als die Männer, denen ich bisher begegnet bin. Sie haben nie versucht, meine Hand zu halten ...«

»Ich hoffe nicht!« fiel Reeder ein und wurde sehr rot. »Ich bin so alt, daß ich Ihr Vater sein könnte.«

»Ein solches Alter gibt es nicht«, erwiderte sie. Dann wurde sie sehr ernst. »Würden Sie mit Tommy Anton sprechen, wenn ich ihn herbrächte?«

»Tommy – Sie meinen Ihren – hm ...«

»Ja, das trifft es genau.« Sie nickte. »Er ist ein wunderbarer Junge, furchtbar unbeholfen und schüchtern, und wahrscheinlich wird er einen schlechten Eindruck machen, genau wie Sie, aber er ist ein wirklich netter Kerl.«

Reeder hatte schon manche Rolle gespielt, aber noch nie die eines Vaters, und die Aussicht darauf erschreckte ihn etwas.

»Sie möchten, daß ich ihn frage, was – hm – seine Absichten sind?«

Sie lächelte, und ihr Lächeln war betörend. »Lieber Mr. Reeder, seine Absichten kenne ich. Man ist nicht über ein Jahr Tag für Tag mit jemandem zusammen, ohne etwas über seine persönlichen Gedanken zu erfahren. Nein, es geht um etwas anderes.«

Reeder wartete.

»Ein normaler Arbeitgeber«, fuhr sie fort, »würde mich jetzt am Kragen nehmen und hinauswerfen.« Reeder wies eine so barbarische Unterstellung mit einem schwachen Kopfschütteln von sich. »Aber das sind Sie nicht.«

Sie erhob sich, ging zum Fenster und blickte hinaus. Was wollte sie sagen? Reeder kam ein entsetzlicher Gedanke, der sich jedoch als falsch erwies. Sie drehte sich plötzlich um und sagte: »Man hat Tommy dreiundzwanzigtausend Pfund gestohlen«, erklärte sie.

Er starrte sie eulenhaft an. »Gestohlen?« Sie nickte. »Wann?«

»Vor über einem Jahr – bevor ich ihn kennenlernte. Aber nicht deshalb verkauft er Autos. Das heißt, er versucht, sie zu verkaufen, ist aber nicht sehr erfolgreich. Sein Partner hat ihn bestohlen. Sie handelten zusammen mit Autos. Tommy und dieser Mann, Seafield heißt er, studierten in Oxford, und als sie hierherkamen, eröffneten sie ein Autogeschäft. Tommy fuhr nach Deutschland, um die Vertretung einer bestimmten Marke zu erhalten. Als er zurückkam, war Seafield verschwunden. Nicht eine einzige Zeile hinterließ er – er hob einfach das Geld von der Bank ab und machte sich aus dem Staub.«

Sie sah, wie es in Reeders Augen plötzlich aufblitzte, und wunderte sich unwillkürlich, daß ein für ihn so unbedeutender Fall von so unerwartetem Interesse sein sollte.

»Keine Nachricht für seine Frau? – Unverheiratet, was? Hm. Er wohnte ...«

»In einem Hotel. Er war Junggeselle. Er hat auch dort niemandem etwas erzählt. Er sagte nur, er sei für ein, zwei Tage verreist.«

»Hat seine Sachen dagelassen und nicht einmal die Rechnung bezahlt«, murmelte Reeder.

Miss Gillette war überrascht. »Sie wissen schon alles?«

»Nur so eine Ahnung«, bemerkte er einfach.

An der Tür zum Vorzimmer klopfte es.

»Sehen Sie lieber mal nach, wer das ist«, sagte Reeder.

Sie ging hinaus und öffnete. Draußen auf dem Fußabstreifer stand ein Geistlicher in einem langen schwarzen Mantel, der bis zum Boden reichte. Zweifelnd sah er sie an.

»Ist dies das Büro von Mr. Reeder – dem Detektiv?« fragte er. »Ich bin Dr. Ingham.«

Sie nickte und betrachtete den unerwarteten Besucher interessiert. Er war um die Fünfzig und hatte grau werdendes Haar. Ein sanftmütiger, ziemlich blasser Mann, der sich unbehaglich zu fühlen schien, denn die Finger, die den Schirm in der Mitte umklammerten, als wolle er einem Taxi winken, öffneten und schlossen sich erregt. Sie führte ihn in Reeders Büro und ging hinaus.

Hilflos sah Ingham Reeder an. Reeder seinerseits spielte

mit den Daumen und betrachtete seinen Besucher ernst. Fast schien es so, als habe ihm dessen strenge Kleidung die Sprache verschlagen.

»Wollen Sie nicht Platz nehmen?« fragte Reeder mit einer Geste, die etwas vom wohlmeinenden Ernst des Geistlichen hatte.

»Die Angelegenheit, über die ich mit Ihnen sprechen möchte – ich weiß gar nicht, wie ich beginnen soll«, erklärte der Kirchenmann und setzte sich.

Hier konnte Reeder ihm nicht helfen. Ihm lag zwar der herkömmliche Rat auf der Zunge, der beste Anfang jeder Geschichte sei der, die uneingeschränkte Wahrheit zu sagen. Aber einem kirchlichen Würdenträger gegenüber erschien ihm das unangebracht, und so schwieg er.

»Es geht um einen Mann namens Ralph, eine flüchtige Bekanntschaft, mehr nicht. Ich hatte mit ihm über einige Fragen der Bibelkritik korrespondiert. Um was es sich handelte, weiß ich nicht mehr. Ich hebe grundsätzlich keine Briefe auf, nicht weil ich unkaufmännisch bin, sondern weil Briefe die Eigenart haben, sich anzusammeln, und Ablage ist eine Tyrannei, der ich mich niemals unterwerfen werde.«

Reeder wurde dieser so offen sprechende Mann immer sympathischer. Er verabscheute alte Briefe, und sie abzulegen war eine widerwärtige Beschäftigung.

»Heute morgen besuchte mich Mr. Ralphs Tochter. Sie wohnt bei ihrem Vater in Bishop's Stortford in Essex. Offenbar entdeckte sie meinen Namen auf einem Briefumschlag, den sie im Papierkorb im Büro ihres Vaters fand. Er hat ein kleines Büro hier in London in der Lower Regent Street.«

»Was macht er beruflich?« fragte Reeder.

»Nichts Bestimmtes. Er war Finanzmakler, der es an der Börse zu etwas gebracht, sich aber dann zurückgezogen hatte. Möglicherweise oder sogar wahrscheinlich hat er noch die eine oder andere Beschäftigung. Letzten Donnerstag kam er in die Stadt. Er rief mich im Hotel an, als ich nicht da war. Seit jenem Tag ist er nicht mehr gesehen worden.«

»Mein Gott! Was für ein Zufall!« rief Reeder.

Dr. Ingham sah ihn besorgt fragend an.

»Daß Sie an mich gedacht haben«, erklärte Reeder. »Wie eigenartig, daß Leute, die jemanden vermissen, immer zu mir kommen. Und die junge Dame, sie hat Ihnen das alles erzählt?«

Dr. Ingham nickte. »Ja. Sie ist natürlich besorgt. Anscheinend hatte sie einen Freund, einen jungen Mann, der genau das gleiche machte: Er verließ sein Hotel und verschwand. Vielleicht gibt es dafür eine Erklärung, aber es ist sehr schwierig, das einer jungen Dame beizubringen ...«

»Sehr schwierig«, stimmte Reeder dezent hüstelnd zu, »sehr schwierig. Und sie hat Ihnen geraten, zu mir zu kommen?«

Der Geistliche nickte. Die Art seines Auftrages schien ihn zu bedrücken.

»Um genau zu sein, sie wollte Sie persönlich besuchen. Ich hielt es für einen Freundschaftsdienst, Sie in ihrem Namen zu fragen. Ich bin kein armer Mann, Mr. Reeder, ich bin sogar ziemlich wohlhabend und meine, ich sollte dieser armen jungen Dame jede nur mögliche Hilfe zukommen lassen. Meine liebe Frau würde, dessen bin ich sicher, mein Handeln von ganzem Herzen billigen – ich bin seit 23 Jahren verheiratet und habe mich immer in Übereinstimmung mit der Gefährtin meiner Freuden und Sorgen befunden. Sie als verheirateter Mann ...«

»Ledig«, unterbrach ihn Reeder nicht ohne eine gewisse Befriedigung. »Leider bin ich ledig, ja.« Er musterte seinen neuen Klienten. »Die junge Dame ist im Moment ...«

»In der Stadt, ja.« Sein Gegenüber nickte. »Im ›Haymarket Hotel‹. Übernehmen Sie den Fall?«

Reeder zupfte sich an der Nase und spielte mit dem kurzgeschnittenen Backenbart. Er setzte die Brille auf und nahm sie wieder ab. »Welchen Fall?« fragte er.

Dr. Ingham blickte gequält drein. »Den Fall, den ich Ihnen geschildert habe.« Er griff in seine Amtstracht und holte eine Karte hervor. »Ich habe die Adresse von Mr. Lance Ralphs Büro hinten auf meine Karte geschrieben.«

Reeder nahm die Karte und las die handschriftliche Notiz, drehte die Karte dann um und las den gedruckten Schriftzug. Ingham war Doktor der Theologie und wohnte auf »Grayne Hall« in der St. Margaret's Bay in der Grafschaft Kent.

»Es gibt keinen Fall«, beharrte Reeder mit der Sanftmut eines Mannes, der eine schlechte Nachricht überbringt. »Jeder Mensch hat das Recht zu – hm – verschwinden. Eine ganze Reihe von Leuten, mein lieber Dr. Ingham, weigert sich allerdings, von diesem Recht Gebrauch zu machen. Sie verschwinden nach Brighton, nach Paris, tauchen aber nach längerer Zeit wieder auf. Es ist eine verbreitete Erscheinung.«

Der Priester sah ihn ängstlich an und schob seinen Schirm von der einen Hand in die andere.

»Vielleicht habe ich noch nicht alles gesagt, was gesagt werden sollte«, bemerkte er. »Es war Miss Ralphs Verlobter, der verschwand, ein junger Mann in sehr guter Stellung, wie sie mir erzählte. Er verschwand und ließ seinen Partner sitzen ...«

»Sie meinen Mr. Seafield?« Aber zu seiner Überraschung und vielleicht auch Verärgerung ließ der Geistliche keinerlei Erstaunen erkennen.

»Joan hat eine gute Freundin in Ihrem Büro. Gehe ich recht in der Annahme, daß es die junge Dame ist, die mir öffnete? Auf diese Weise kam Ihr Name ins Spiel. Wir sprachen darüber, ob Joan zur Polizei gehen sollte, als diese junge Dame Sie erwähnte. Ich hielt Sie für die weniger unangenehme Alternative, wenn Sie mir diesen Vergleich gestatten.«

Reeder neigte huldvoll den Kopf. Es machte ihm nichts

aus.

Es trat ein längeres peinliches Schweigen ein, das zu brechen offenbar keiner der beiden Männer geneigt war. Schließlich geleitete Reeder den Besucher zur Tür. Dann kehrte er an seinen Schreibtisch zurück und kritzelte fünf Minuten auf seinem Schreibblock herum. Er hatte eine Schwäche für groteske Zeichnungen und stattete den länglichen Kopf einer seiner Phantasiegestalten gerade mit einer besonders langen Nase aus, als Miss Gillette ohne anzuklopfen eintrat.

»Nun, was halten Sie davon?« fragte sie.

Reeder sah sie entgeistert an.

»Was ich wovon halte, Miss Gillette?« wollte er wissen.

»Von der armen Joan. Sie ist ein solcher Engel. Wir haben unsere Freundschaft während der ganzen Seafield-Zeit aufrechterhalten –«

»Aber woher wußten Sie davon?« Reeder geriet sehr selten so aus der Fassung wie offenkundig jetzt.

»Ich habe an der Tür gelauscht«, erklärte Miss Gillette ungeniert. »Das heißt, nicht direkt gelauscht, aber ich hatte meine Tür offengelassen, und er spricht sehr laut. Pfarrer gewöhnen sich das an, nicht wahr?«

Auf J.G. Reeders Gesicht erschien ein Ausdruck, der nur mit dem eines verwundeten Rehs vergleichbar war.

»Es ist äußerst – hm – unrecht zu lauschen«, begann er, doch sie setzte sich mit einer wegwerfenden Handbewegung über alle Fragen der Angemessenheit hinweg.

»Es ist egal, ob es recht oder unrecht war. Wie hieß noch das Hotel, in dem Joan jetzt ist?«

Dies war ein Augenblick, wo Reeder sich würdevoll hätte erheben, ihr den Lohn für zwei Wochen in die Hand drücken und sie vor die Tür setzen müssen. Doch er ließ die Gelegenheit ungenutzt verstreichen.

»Kann ich Tommy herbringen?« Sie stützte sich mit den Handflächen auf die Schreibtischkante. Ihre Begeisterung wirkte fast ansteckend. »Tommy sieht zwar nicht sehr klug aus, ist es aber, und er hat schon immer eine Theorie über Seafields Verschwinden gehabt. Tommy meint, daß Frank Seafield sich nie einen Kreditbrief besorgt hätte ...«

»Er besaß einen Kreditbrief? Erzählten Sie nicht, er habe das Geld vom Konto abgehoben?«

Miss Gillette nickte. »Es war ein Kreditbrief«, erklärte sie mit Nachdruck, »über 6300 Pfund. Daher wußten wir ja, daß er ins Ausland gegangen war. Der Brief war in Berlin und Wien eingelöst worden.«

Lange sah J.G. Reeder aus dem Fenster. »Ich möchte gern mit Tommy sprechen«, sagte er ernst, und als er sich umdrehte, war Miss Gillette schon gegangen.

Eine Viertelstunde saß er mit auf dem Schoß gefalteten Händen da, den leeren Blick auf den Schornsteinaufsatz eines Hauses auf der gegenüberliegenden Straßenseite geheftet, als er ein Klopfen an der äußeren Bürotür hörte. Gemächlich stand er auf, ging hinaus und öffnete. Vor ihm stand Inspektor Gaylor, den zu sehen er am allerwenigsten erwartet hatte.

»Der Mord an Litnoff – sind Sie interessiert?«

Reeder interessierte sich für sämtliche Morde, aber nicht sonderlich für den Fall Litnoff.

»Wissen Sie, daß Jake Alsby auf dem Weg zu Ihnen war?«

Jake Alsby – Reeder runzelte die Stirn. Den Namen kannte er, und als er nachdachte, fiel ihm auch wieder ein, woher.

»So wie ich die Sache beurteile, ist Jake ein toter Mann«, erklärte Gaylor. »Er hatte mit dem Russen getrunken, der ziemlich viel Geld bei sich hatte. Wenige Minuten, nachdem sie das Wirtshaus verlassen hatten, wurde Litnoff erschossen, und Jake, der um sein Leben lief, wurde im Besitz einer geladenen Pistole gefaßt. Man hat Leute schon aufgrund weniger stichhaltiger Beweise gehenkt.«

»Ich – hm – habe da meine Zweifel. Nicht daran, daß man Leute schon aufgrund ungenügender Beweise gehenkt hat, sondern daß unser armer Freund der Schuldige ist. Jake ist ein Professioneller, und die tragen keine Waffen, jedenfalls nicht in diesem Land.«

Gaylor lächelte bedeutungsvoll. »Er war auf der Suche nach Ihnen«, sagte er. »Soviel gibt er zu, und das macht sein gegenwärtiges Verhalten ein wenig unverständlich. Denn jetzt will er, daß Sie ihn herausholen.«

»Gütiger Himmel!« seufzte Reeder leicht belustigt.

»Er meint, wenn er Sie nur einige Minuten sehen und Ihnen erzählen könnte, was passiert ist, würden Sie den Mann fassen, der den Mord begangen hat. Das ist schmeichelhaft für Sie.«

»Wirklich?« Wieder runzelte Reeder die Stirn.

Gaylor nickte. »Ein komischer Heiliger, finden Sie nicht? Der Bursche wollte Ihnen zweifellos einheizen, doch was macht er, als er in Schwierigkeiten kommt? Er jammert, daß Sie ihm helfen. Jedenfalls meint der Staatsanwalt, Sie sollten doch mal zu ihm fahren. Brixton ist informiert. Man kennt Sie dort, und wenn Sie Lust haben, sich ein paar mehr oder weniger phantastische Geschichten anzuhören, sollten Sie sich diesen interessanten Abend gönnen.«

In seinem Notizbuch hatte Gaylor zwei Zeitungsausschnitte, in denen der Mord an Litnoff ziemlich umfassend abgehandelt wurde. Reeder nahm sie mit allen Zeichen der Dankbarkeit an sich, obwohl er in der Schublade seines Schreibtisches erschöpfende Einzelheiten zu diesem Fall gesammelt hatte.

Gaylor besaß eine Eigenschaft, die Reeder bewunderte – er blieb nie lange. Er hatte Sinn für Dramaturgie und war zu einem äußerst wirkungsvollen, abrupten Abgang fähig. Einen solchen Abgang inszenierte er jetzt.

»Sie brauchen ihn nicht zu bitten, Ihnen von der Diamantbrosche zu erzählen«, sagte er. »Das erzählt er Ihnen sowieso. Aber vergessen Sie nicht, daß diese eigenartige Geschichte beim letzten Mal, als Litnoff vor Gericht kam, aktenkundig geworden ist.«

Als er gegangen war, setzte Reeder seine Brille auf und

las die Ausschnitte, die der Inspektor ihm überlassen hatte. Er entdeckte nichts, was er nicht schon gewußt hätte. Jake Alsby war, wie er gesagt hatte, ein Professioneller, ein Gewohnheitsverbrecher mit brauchbaren Kenntnissen der Gesetze, soweit sie ihn betrafen. Kein ehemaliger Sträfling trägt Waffen, vor allem dann nicht, wenn er Bewährung hat und damit rechnen muß, auf Anhieb verhaftet zu werden. Richter sind bewaffneten Verbrechern gegenüber sehr unnachsichtig, und Jake und seine Kollegen kannten die Gefahren unerlaubten Waffenbesitzes nur zu gut, als daß sie es riskiert hätten, sich mit einem Revolver oder einer Pistole erwischen zu lassen.

J.G. Reeder besaß kriminellen Spürsinn. Er wußte genau, was er an Jake Alsbys Stelle getan hätte, wenn er seinen Begleiter erschossen hätte. Er hätte die Pistole weggeworfen und wäre geflohen. Daß Jake es nicht getan hatte, war für ihn der Beweis, daß er nichts von der Waffe in seiner Tasche geahnt hatte.

All das ging ihm durch den Kopf, als sich die Tür zum Vorzimmer öffnete. Er hörte leise Stimmen. Einen Augenblick darauf trat Miss Gillette ein. Sie war etwas außer Atem und schloß die Tür hinter sich.

»Ich habe sie alle beide mitgebracht«, erklärte sie hastig. »Ich habe Joan angerufen, sie wollte gerade fortgehen. Darf ich sie hereinholen?«

Er spürte, daß es für sie fast ein Akt der Erniedrigung war, ihn um Erlaubnis zu bitten, und gab mit einem Kopfnicken seine Zustimmung.

Tommy Anton war ein großer junger Mann von der Art, die vielleicht zwei von hundert Frauen als gutaussehend bezeichnet, die anderen aber kaum zur Kenntnis genommen hätten. Joan Ralph dagegen war ausgesprochen hübsch und ungewöhnlich. Sie war ein dunkler Typ und hatte eine makellose Haut.

»Das ist Tommy, und das ist Joan.« Miss Gillette stellte sie unnötigerweise vor. Zu verwechseln wären sie ohnehin kaum gewesen.

Reeder erkannte sofort, daß sie ihm nichts Neues würden berichten können, wenn sie ihre Geschichte erzählten. Trotzdem hörte er sich die Wiederholung all dessen an, was er schon wußte.

Tommy Anton schilderte anschaulich seine Bestürzung, als er entdeckte, daß sein Partner verschwunden war. So loyal wie möglich beschrieb er das Wesen und die Eigenschaften seines untergetauchten Kompagnons.

»Erwähnte Mr. Seafield Ihnen gegenüber jemals eine Diamantenbrosche?« unterbrach Reeder ihn.

Tommy sah ihn verständnislos an. »Nein, wir handelten mit Autos. Über persönliche Dinge sprach er selten. Selbstverständlich wußte ich von Joan ...«

»Hat Ihr Vater jemals von einer Diamantenbrosche oder -spange gesprochen?« fragte Reeder, an das junge Mädchen gewandt. Sie schüttelte den Kopf.

»Nein, nie ... er sprach nie über Juwelen, bis auf das eine Mal – das ist Jahre her, damals lernte ich Frank kennen –, als mein Vater etwas Geld in die Pizarro-Expedition steckte, und Frank ja auch. Beide waren wahnsinnig begeistert.«

Reeder blickte zur Decke und forschte in seinem Gedächtnis. Als sie fortfahren wollte, bedeutete er ihr mit einer Geste zu schweigen.

»Pizarro-Expedition ... 1923 ... um den vergrabenen Schatz der Inkas wiederzufinden. Organisiert wurde sie von Antonio Pizarro, der behauptete, ein Nachfahre des Eroberers von Peru zu sein ... in Wirklichkeit hieß er Bendini, ein aus New York stammender Italiener, der dreimal wegen hochkarätigen Betrugs überführt wurde ... die Gesellschaft war in London eingetragen, und alle, die Geld in das Unternehmen steckten, verloren es – stimmt das?«

Er strahlte triumphierend, und sie lächelte.

»Ich weiß nicht soviel darüber wie Sie. Papa investierte fünfhundert Pfund und Frank hundert – er war damals in Oxford. Ich weiß, daß sie ihr Geld verloren. Frank machte das nicht sehr viel aus, aber Papa war verärgert, denn er war sicher, daß es in Peru unermeßliche Schätze gäbe, die nur entdeckt werden mußten.«

»Und war irgendwann von Diamantbroschen die Rede?« fragte Reeder.

Sie zögerte.

»Von Juwelen? Ich erinnere mich nicht, daß irgend etwas von Broschen gesagt wurde.«

J.G. Reeder schrieb drei Worte auf, von denen eins »Pizarro« lautete, wie Joan sah. Das zweite schien einige Ähnlichkeit mit »Murphy« zu haben. Ihr kam die Verbindung der beiden Namen ein wenig ungereimt vor. Er erkundigte sich kurz nach ihrer eigenen Lage. Sie hatte etwas eigenes Geld, es bestand also diesbezüglich keine unmittelbare Not.

Und dann fragte sie ihn, ob sie ihn unter vier Augen sprechen könne. Reeder hatte das freudige Gefühl, daß Miss Gillette diese Bitte ganz und gar mißbilligte. Aber sie konnte nichts anderes tun, als sich mit ihrem Tommy zurückzuziehen.

Reeder besaß sogar den Mut, die Tür zu öffnen und hinauszuschauen. Das Murmeln der Stimmen aus Miss Gillettes Zimmer überzeugte ihn, daß sie vor den lauscherischen Qualitäten der neugierigen jungen Dame sicher waren.

»Mr. Reeder …« Er merkte an ihrer Stimme, daß Joan einige Schwierigkeiten hatte, ihre Gedanken in Worte zu fassen, »ich nehme an, Ihnen ist bereits der Verdacht gekommen, mein Vater könne mit jemandem – fortgegangen sein. Ich bin nicht auf den Kopf gefallen, was diese Dinge angeht, und weiß, daß Männer seines Alters – nun ja – Affären haben. Aber ich bin ganz sicher, daß mein Vater keine hatte. Dr. Ingham deutete taktvoll an, daß dies der Fall sein könnte. Er war unwahrscheinlich rührend, aber ich weiß, daß seine Theorie falsch ist. Mein Vater hatte keine Freundinnen. Ich habe immer seine Briefe aufgemacht, und es war nie einer dabei, den ich nicht hätte sehen dürfen.«

»Auch die Briefe, die ins Büro kamen?« fragte er.

Sie lächelte über diese Frage.

»Die habe ich natürlich nicht gesehen, aber es waren sehr wenige, und mein Vater hatte nichts Hinterhältiges in seiner Art. Ich wußte, daß er mit Dr. Ingham korrespondiert. Mein Vater war Anhänger der Hochkirche und schrieb an die Kirchenzeitungen. Dr. Ingham war praktisch der einzige Freund, den er außerhalb unseres kleinen Kreises in Bishop's Stortford hatte.«

Reeder sah sie nachdenklich an.

»Glaubten Sie, daß Frank Seafield eine – hm – Geliebte habe?« fragte er.

Sie verneinte das entschieden. Es hätte ihn auch überrascht, wenn sie es nicht getan hätte.

Er führte sie in Miss Gillettes Zimmer und hörte kurz darauf, wie die drei das Büro verließen.

Mit großer Sorgfalt setzte er drei Telegramme auf, die er telefonisch bei der Post aufgab. Eins war ohne Frage an Murphy gerichtet.

Eine Straßenbahn brachte ihn bis auf wenige Meter, die er zu Fuß ging, zum Brixton-Gefängnis, wo die Untersuchungshäftlinge gesondert untergebracht waren.

Reeder war in Brixton kein Unbekannter, wenn er auch selten dorthin kam, und schon wenige Minuten nach seiner Ankunft wurde er in einen nüchternen Warteraum geführt, wo er mit Jake Alsby zusammentraf.

Vor ihm stand ein gebrochener Mann. Den ziemlich verstockten, unverschämten Verbrecher, den Reeder in Erinnerung hatte, gab es nicht mehr. An seine Stelle war ein Mann getreten, den nacktes Entsetzen gepackt hatte.

»Sie kennen mich, Mr. Reeder!« Er hatte eine etwas ungestüme Art, und die Hand, mit der er fast jeden Satz unterstrich, zitterte. »Ich habe noch nie in meinem Leben eine Pistole besessen, und einen Menschen zu erschießen würde mir ebensowenig in den Sinn kommen, wie mir eigenhändig die Kehle durchzuschneiden. Ich habe ein, zwei Leute verdroschen ...«

»Und bei ein oder zweien hatten Sie es vor«, fiel Reeder liebenswürdig ein.

»Es war die Sauferei, Mr. Reeder«, rief Jake beschwörend. »Ich nehme an, Gaylor hat Ihnen erzählt, daß ich zu Ihnen wollte. Der Kerl würde alles behaupten, wenn er mir damit eins auswischen könnte. Im übrigen, Mr. Reeder, ich kannte diesen Russen gar nicht – warum hätte ich ihn erschießen sollen?«

Reeder schüttelte den Kopf.

»Die Leute erschießen manchmal jemanden, den sie kaum kennen«, antwortete er gutgelaunt. »Und jetzt erzählen Sie mir die ganze Sache, Alsby, aber mit weniger Lügen als sonst. Vielleicht kann ich Ihnen helfen. Ich behaupte nicht, daß ich es kann, aber es wäre möglich.«

Alsby erzählte seine Geschichte so zusammenhängend wie möglich. Gelegentlich mußte Reeder ihn zurückholen, wenn er abschweifte, aber alles in allem war das, was er zu berichten hatte, überzeugend. Eine wichtige Einzelheit vergaß er allerdings.

»Als dieser Mann ein paar Tage vorher wegen Trunkenheit angeklagt worden war«, sagte Reeder, »erwähnte er in seinem Rausch der Polizei gegenüber eine Diamantspange ...«

»Das stimmt, Sir«, unterbrach Alsby ihn eifrig. »Von der hat er mir auch erzählt! Ich hatte das ganz vergessen. Er wollte sie mir zeigen. Ich dachte, er erzählt das alles nur, weil er voll ist, und um ehrlich zu sein, ich hatte das ganz vergessen.« Und dann schwang erneut Angst in seiner Stimme mit. »Ist sie verschwunden? Ich schwöre, ich habe sie nie gesehen.«

Reeder sah ihn lange unverwandt an. Eine verhaltene Zufriedenheit breitete sich auf seinem Gesicht aus. Er hatte mit Joan Ralph nur aus dem Grund über die Brosche gesprochen, weil ihm die Verhandlung gegen Litnoff vor dem

Polizeigericht wieder eingefallen war. Die Bemerkung über die Diamantbrosche hatte ihn beschäftigt, als er damals darüber gelesen hatte. Als Hehler kam Litnoff nicht in Betracht, das war bei der Gerichtsverhandlung klargeworden.

»Versuchen Sie, sich zu erinnern, Alsby! Was hat er sonst noch gesagt?«

Alsby dachte angestrengt nach.

»Mir fällt nichts weiter ein, Mr. Reeder. Ich war nicht lange mit ihm zusammen, nachdem wir die Kneipe verlassen hatten. Er wollte nach Hause. Er wohnte in Bloomsbury, in den ›Lammington Buildings‹. Eine komische Sache, denn ich kannte die ›Lammington Buildings‹ durch einen Kumpel, der fünf Jahre kriegte, weil er Blüten druckte. Er hatte einen Freund, der da wohnte.«

Das interessierte Reeder vor allem deshalb, weil die einzige Adresse, die die Polizei im Zusammenhang mit Litnoff kannte, seine Wohnung in Pimlico war.

»Wie erfuhren Sie das?« erkundigte er sich.

»Er wollte ein Taxi nehmen. Ich sagte ihm, daß ich in Holborn wohne, und er meinte: ›Dann kannst du mich bei den 'Lammington Buildings' absetzen.‹ Er verbesserte sich dann schnell, aber mir war klar, daß er seine Adresse ausgeplaudert hatte. Sie tun doch was für mich, Mr. Reeder, nicht wahr? Sie waren immer anständig zu mir.«

»Soweit ich mich erinnere, haben Sie bisher anders gedacht«, bemerkte Reeder schneidend.

Auf dem Weg zurück in die Stadt sann er über die Möglichkeit nach, daß Litnoff vielleicht auch einen »Freund« in diesem Wohnblock gehabt hatte.

Es regnete in Strömen, als sein Bus an der Ecke Southampton Row hielt. Aber das tat es mehr oder weniger schon den ganzen Tag, und da er seinen schäbigen gelben Regenmantel trug, der ihm fast bis zu den Schuhen reichte und ihn trotz seiner gebeugten Haltung riesenhaft erscheinen ließ, hielt er es nicht für nötig, den Schirm aufzuspannen, den er ständig am Arm trug, im Sommer wie im Winter. Niemand konnte sich erinnern, ihn je geöffnet gesehen zu haben.

Er fand die »Lammington Buildings« ohne Schwierigkeiten. Sie lagen in einer Seitenstraße, die von der Gower Street abging.

Reeder begann seine Nachforschungen beim Pförtner. Litnoffs Name war unbekannt, aber der Pförtner las die Zeitung und hatte ein Foto des Ermordeten gesehen. Noch bevor Reeder eine Frage stellen konnte, platzte der Pförtner mit seinem Verdacht heraus.

»Ich wette, das ist Schmidt. Wenn nicht, ist es sein Zwillingsbruder. Ich wollte schon einen Brief an die *Daily Megaphone* schreiben. Ich fand schon immer, daß er ein komischer Kunde ist. Er schlief nur ein- oder zweimal im Monat hier. Gerade heute nachmittag sprach ich mit Mrs. Adderly über ihn. Sie ist übrigens jetzt in seiner Wohnung, allerdings gehört sie zu der Sorte Frauen, die nicht redet. Sie kriegen kein Wort aus ihr raus. Sag ich doch zu ihr: ›Stellen Sie sich vor, die Polizei kommt her und will was wissen!‹ ›Sollen sie kommen!‹ antwortet sie. Was kann man da machen?«

Auf diese berechtigte Frage konnte Reeder nichts erwidern, und dann sagte der Pförtner überraschend:

»Ich kenne Sie, Mr. Reeder, von der Sache in der Orderley Street her. Ich war damals Portier in dem Hotel und ...«

Reeder war ein guter Zuhörer und gestattete dem Pförtner, in seinen Erinnerungen zu kramen, bis er ihn schließlich fragte: »Ist Mrs. Adderly noch in der Wohnung?«

Mit einer gewichtigen Geste zeigte der Pförtner auf eine Tür vorne in der Halle.

»Möchten Sie sie sprechen?«

»Das würde ich gern«, entgegnete Reeder.

Der Pförtner läutete und klopfte. Nach geraumer Zeit wurde die Tür einen Spalt geöffnet, in dem eine argwöhnisch blickende Frau mit nackten Armen erschien. Ihre schmutzige Schürze hatte Wasser und Seife ebenso nötig wie ihr Gesicht.

»Das ist Mr. Reeder«, sagte der Pförtner mit einer solchen Befriedigung, daß offenkundig wurde, wie wenig er von der unsauberen Putzfrau hielt. »Der bekannte Detektiv«, ergänzte er.

Mrs. Adderly sank bei dem Wort in sich zusammen.

»Es läßt sich alles erklären«, meinte sie etwas zusammenhanglos, und als Reeder ihr in den Flur folgte, schlug sie die Tür dem wütenden Pförtner vor der Nase zu, der wohl erwartet hatte, zumindest an den Vertraulichkeiten teilzuhaben, die sie ihm bisher vorenthalten hatte.

»Kommen Sie bitte herein, Sir.«

Sie ging voraus in einen spärlich möblierten kleinen Raum, der offenbar als Wohnzimmer gedient hatte. Es gab einen Tisch, ein Regal, auf dem Boden einen kleinen quadratischen Teppich und zwei Stühle. An einer Wand hing eine Landkarte, die in der Schweiz gedruckt worden war, wie Reeder feststellte. Sie zeigte einen Ausschnitt des Kantons Waadt, und darauf mit roter Tinte umrandet ein unregelmäßiges Areal; es lag offensichtlich in einiger Höhe über dem See. Seine Bedeutung erkannte Reeder allerdings erst sehr viel später.

»Ich weiß nicht, was ich sagen oder was ich jetzt tun soll«, begann Mrs. Adderly. Sie sprach sehr schnell, ohne Punkt und Komma. »Ich habe das Geld nicht gestohlen es ist jetzt auf der Postsparkasse bis auf die Miete die ich bezahlt habe und ich habe auch eine Quittung mit einem Stempel und ich habe gemacht was Mr. Schmidt mir gesagt hat was ich mit seinem Brief beweisen kann ich bin Witwe und habe fünf hungrige Münder zu stopfen ...«

»Was für Geld ist das?« unterbrach Reeder sie, als er der Meinung war, sie habe genug erzählt.

Das Geld hatte sie am Mittwoch erhalten. Sie hatte es auf dem Tisch im Wohnzimmer zusammen mit einem Brief gefunden. Unter ihrem Rock hatte sie eine Tasche. Reeder blickte diskret zur Seite, als sie darin herumsuchte und schließlich einen Umschlag zutage förderte, aus dem sie ein Blatt Papier nahm. Darauf stand:

Zahlen Sie bitte hiervon die Miete. Ich fahre nach Frankreich und werde erst in etwa drei Monaten zurückkommen. Sie können sich den doppelten Lohn nehmen, solange ich fort bin, und ich wünsche nicht, daß über meine Angelegenheiten gesprochen wird.

Der Brief war in sauberer, schöner Handschrift geschrieben.

»Sie haben ihn auf dem Tisch gefunden, sagen Sie?«

»Am Mittwochmorgen. Ich habe das Geld zur Postsparkasse gebracht.« Sie sprach immer schneller. »Ich habe die Miete bezahlt, und ich habe eine Quittung bekommen mit einem Stempel – «

»Das bezweifelt auch niemand«, besänftigte Reeder sie.

»Wenn Sie von der Polizei sind – «

»Das bin ich nicht«, erklärte Reeder. »Ich bin wirklich kein Polizeibeamter, ich – hm – untersuche lediglich.«

Sie wußte sehr wenig über ihren Arbeitgeber. Dreimal in der Woche erschien sie, um die Wohnung zu putzen. Zu diesem Zweck hatte man ihr einen Schlüssel anvertraut. Sie hatte den ausdrücklichen Befehl erhalten, wieder zu gehen, wenn die Tür nach dem Aufschließen nicht nachgab oder offensichtlich von innen abgeschlossen war. Im letzten Jahr war das dreimal passiert. Obwohl Mr. Schmidt sehr gesund aussah, war er Invalide. Manchmal hatte er sehr schlimme Phasen. Dann war die Luft in seinem Schlafzimmer stickig von Medikamenten. Er sprach nie über das, was er machte, und wenn er überhaupt etwas sagte, dann mit sehr starkem ausländischem Akzent. Sie meinte, er sei Schauspieler, weil sie einmal eine Schachtel gesehen hatte, in der Perücken, Schnurrbärte und Theaterschminke gelegen hatten, und sie hatte ein Foto gefunden, das ihn in irgendeiner Rolle zeigte.

Die Wohnung lag im Erdgeschoß und bestand aus drei Zimmern und einer kleinen Küche. Ein Raum war völlig leer, bis auf einen Schrank, in welchem Reeder drei unbezogene Kissen fand. Mrs. Adderly erklärte, daß Mr. Schmidt eine gewisse Schwäche für Kissen gehabt habe, obwohl ihm das eine Mal, als er hier geschlafen hatte, eins genügt habe.

Das Schlafzimmer enthielt ein eisernes Bettgestell mit einer vergleichsweise neuen Matratze, eine kleine Ankleidekommode, einen Spiegel, einen kleinen Tisch und zwei Stühle. Das Bett war nicht bezogen; die Laken lagen vielmehr sauber zusammengelegt am Fußende auf der bloßen Matratze und waren mit einem Tuch zugedeckt. An der Wand hing eine Lithographie, das Porträt eines Mannes in einer ausländischen Uniform. Reeder tippte auf Rußland. Über dem Bett befand sich ein Brett, auf dem vier oder fünf russische Bücher standen, und hier machte er eine Entdekkung, denn auf dem Vorsatzblatt eines der Bücher hatte jemand in französischer Sprache notiert:

Als Geschenk überreicht durch den Großherzog Alexander anläßlich meines Auftretens im *Revisor*.

Darunter stand nur ein Buchstabe, ein L.

Für Reeder lag das Hauptinteresse in der Tatsache, daß die Handschrift nicht dieselbe wie die im Brief war.

In dem kleinen Küchenschrank fand er zwei noch halb volle Medizinflaschen. Er roch an der einen und nahm den unverwechselbaren Geruch von Chloroform wahr. Aber der Inhalt beeindruckte ihn bei weitem nicht so wie die Etiketten, die aus einer Apotheke in Bloomsbury stammten. Er verabschiedete sich von Mrs. Adderly und machte sich auf die Suche nach dem verstimmten Pförtner.

»Mr. Schmidt« hatte Besucher empfangen, aber offenbar waren sie nach elf Uhr abends gekommen, wenn der Pförtner seinen Dienst beendet hatte. Den automatischen Fahrstuhl bedienten die Mieter selbst. Ihm wäre das völlig verborgen geblieben, hätte nicht einer der Hausbewohner mitten in der Nacht Personen in die Wohnung gehen und aus ihr kommen sehen. Es waren immer Männer.

Eine Apotheke an der Ecke des Wohnblocks war Reeders nächstes Ziel. Der Apotheker war ein mißtrauischer Mann und zeigte wenig Neigung, die Fragen des Detektivs zu beantworten. Reeder besaß jedoch Autorität in Form eines Empfehlungskärtchens der Staatsanwaltschaft.

Sowohl der Apotheker wie sein Assistent hatten Mr. Schmidt gesehen. Er hatte angerufen, um sich Medikamente zubereiten zu lassen, und chirurgisches Zubehör gekauft.

»Chirurgisches Zubehör?« Reeder kam fast ins Schwärmen. »Gütiger Himmel, wie phantastisch das in meine Theorie paßt! Oh, verzeihen Sie mir, Sir ... ich – hm – habe mich wohl ein wenig hinreißen lassen. Könnten Sie mir Mr. Schmidt vielleicht beschreiben?«

Das konnten sie sehr anschaulich, und es gab keinen Zweifel – Mr. Schmidt war der tote Litnoff.

Reeder machte sich auf den Weg zu seinem Haus in der Brockley Road. Er war mit seinen Entdeckungen überaus zufrieden. Allerdings machte er sich keine Illusionen hinsichtlich seines »Glücks«. In ein paar Tagen würde auch die Polizei Litnoffs Wohnung in den »Lammington Buildings« entdecken (sie fand sie schon am nächsten Tag dank eines Wäschereizeichens), und er würde bestenfalls diese wenigen Tage Vorsprung vor den Professionellen haben. Post war nicht für ihn gekommen. Er trank Tee, aß seinen Toast, las dabei die Abendzeitung und wollte um neun Uhr gerade einige Eintragungen in sein Tagebuch machen, als es an der Haustür läutete.

Die Haushälterin ließ den Besuch in der Halle warten und meldete Reeder mit angehaltenem Atem: »Zwei junge Damen. Ich habe ihnen erklärt, daß Sie grundsätzlich niemand empfangen, aber die eine von ihnen erwiderte, daß sie Sie sprechen wolle, und wenn sie die ganze Nacht warten müsse.«

»Führen Sie sie bitte herauf!«

Eine der beiden Besucherinnen war auf jeden Fall Miss Gillette. Die andere erriet er, und er lag mit seiner Vermutung richtig, denn Joan Ralph betrat hinter seiner Nervensäge von Sekretärin den Raum.

»Ich wollte Sie eigentlich anrufen, hielt es aber nicht für sicher genug«, meinte Miss Gillette, noch bevor sie richtig im Zimmer war. »Sie erinnern sich, daß Sie Joan nach einer Diamantspange oder so etwas fragten?«

Reeder bot ihr einen Stuhl an. »Haben Sie sie gesehen?« Es war eine törichte Frage, wie ihm klar wurde, als er Miss Gillettes verächtliche Miene bemerkte.

»Natürlich haben wir sie nicht gesehen. Joan und ich haben heute abend im ›Corner House‹ gegessen. Da tauchte ein rothaariger junger Mann auf und fragte Joan, ob sie jemals Knickerbocker getragen habe.«

Reeder lehnte sich in seinem Sessel zurück. »Ob sie Knickerbocker getragen hat?« wiederholte er entgeistert.

Miss Gillette nickte heftig. »Er war furchtbar nervös«, fuhr sie fort. »Ich habe noch nie erlebt, daß ein Mann mit roten Haaren sich so aufregte. Sie sind normalerweise ziemlich – nun ja – das Gegenteil. Er redete eine Menge wirres Zeug, daß sein Vater Juwelier und krank sei, und dann erwähnte er eine Diamantbrosche. Er habe sie zu niedrig geschätzt. Ich dachte, er sei betrunken. Joan war nicht dieser Meinung.«

»Wie hieß er?«

Joan Ralph schüttelte den Kopf. »Es war sehr seltsam, denn ich bin tatsächlich einmal in Knickerbockern fotografiert worden. Papa machte die Aufnahme, als wir in Bishop's Stortford eine Art Hirtenspiel aufführten. Ich hatte mir von einem Vetter Knickerbocker geliehen, weil ich einen Mann spielen sollte.«

Reeder fuhr sich mit der Hand durch das schüttere Haar. »Was hat er noch über die Brosche erzählt?«

Miss Gillette wußte nicht, ob er überhaupt etwas Vernünftiges gesagt hatte. Erst nachdem sie gedroht hatte, den Geschäftsführer zu rufen und der rothaarige junge Mann sich verlegen zurückgezogen hatte, »erst da«, gestand Miss

Gillette ein, »kam uns der Gedanke, daß wir ihn nach seinem Namen und seiner Adresse hätten fragen sollen.«

Reeder nickte. »Er ist Juwelier, sein Vater war krank, er hatte eine Brosche zu niedrig geschätzt und ein Foto Ihrer Freundin in Knickerbockern gesehen. Es ist jammerschade, Sie werden ihm wahrscheinlich nie wieder begegnen ...«

»Aber das haben wir«, unterbrach Miss Gillette. »Er war in der Straßenbahn und folgte uns bis hierher – er steht jetzt unten vor dem Haus.«

Reeder starrte sie verblüfft an. »Haben Sie mit ihm gesprochen?«

»Natürlich nicht!« erklärte Miss Gillette aufgebracht. »Wir sprechen doch keinen rothaarigen Mann auf der Straße an! Er hat uns auch nicht angesprochen, saß einfach in der Straßenbahn und sah hinter der vorgehaltenen Zeitung zu uns herüber.«

Reeder trat ans Fenster, schob vorsichtig den Vorhang etwas zur Seite und spähte hinaus. Unter einer Straßenlampe stand ein Mann. Er war kaum zu erkennen. Als wäre er sich der prüfenden Blicke bewußt, wandte er sich plötzlich in Richtung Lewisham High Road und verschwand.

Im nächsten Augenblick war Reeder aus dem Zimmer und stürmte die Treppe hinunter, aber als er auf die Straße trat, lag sie wie leergefegt da. Eine Straßenbahn fuhr Richtung London. Ein schlanker junger Mann sprang auf das Trittbrett. Als Reeder die Straßenecke erreichte, war die Bahn nicht mehr einzuholen. Er blickte sich nach einem Taxi um, doch es war keins zu sehen, und nur widerwillig und in dem Bewußtsein, daß er ohne Hut war und es nieselte und er demzufolge einen etwas komischen Eindruck machen mußte, kehrte er zum Haus zurück.

Und doch fühlte sich Reeder trotz aller Fehlschläge seltsam erleichtert, denn das Geheimnis um das eigenartige Verschwinden bestimmter Personen war fast gelüftet.

Für Miss Gillette war er eine große Enttäuschung, denn er schien nicht länger an rothaarigen Männern, Broschen oder jungen Damen in Knickerbockern interessiert zu sein, und schwererschüttert in ihrem Glauben an ihren Arbeitgeber fuhr sie mit ihrer Freundin nach London zurück.

Mit großer Sorgfalt setzte Reeder eine Kleinanzeige für die Seufzerspalte auf und gab sie telefonisch bei vier Tageszeitungen auf:

Rothaariger junger Mann, bitte bei Mädchen mit Knickerbockern melden.

Die Adresse, die er angab, war die seines eigenen Büros.

3

Miss Gillette kam eine Stunde zu spät, was aber nicht weiter störend war. Sie hatte die Anzeigen noch nicht entdeckt, so daß Reeder nichts erklären mußte. Ihre Anteilnahme an seinen Fällen war offensichtlich völlig verschwunden.

Um zwölf Uhr trat sie in sein Büro und erklärte, daß sie eine Verabredung zum Mittagessen habe und kaum vor drei Uhr zurück sein werde.

Auf seine Anzeigen hatte sich noch niemand gemeldet, und er bedauerte, nicht seine Telefonnummer angegeben zu haben.

Miss Gillette war kaum gegangen, als sich der erste Besucher einstellte. Inspektor Gaylor wollte wissen, was Reeder im Brixton-Gefängnis erreicht hatte.

»Ich neige dazu, Ihnen beizupflichten«, meinte er, nachdem Reeder ihm die Unterhaltung geschildert hatte, die er mit dem Häftling geführt hatte. »Es gibt auf jeden Fall keine Beweise, mit denen wir eine Verurteilung erreichen könnten. Die Pistole ist ein ausländisches Fabrikat, und es ist uns gelungen, eine bedeutsame Tatsache herauszufinden –

daß Alsby nämlich noch im Gefängnis saß, als die Waffe in Belgien verkauft wurde. Selbstverständlich hätte sie später an ihn weiterverkauft worden sein können, aber das ist unwahrscheinlich.«

»Haben Sie jemals vom Pizarro-Syndikat gehört?« fragte Reeder plötzlich.

Gaylor besaß ein ausgezeichnetes Gedächtnis, außerdem hatte er mit jenem Fall zu tun gehabt.

»Die Schatzsucher!« Er lächelte. »Eigenartig, daß Sie Pizarro erwähnen. Ich habe versucht, einen Mann namens Gelpin aufzuspüren, der einer der größten Anteilseigner und einer der am meisten Betrogenen war. Ich wollte von ihm einige Einzelheiten über einen seiner ehemaligen Angestellten erfahren, aber ich konnte ihn einfach nicht finden, was seltsam ist, denn er war ein ziemlich reicher Mann.«

»Tot«, meinte Reeder.

Gaylor schüttelte den Kopf. »Nein, er ist irgendwo im Ausland, glaube ich. Bei der ›Midlands‹ ist er vor zwei Jahren ausgestiegen.«

Reeder spitzte die Lippen und sah den Inspektor erschüttert an. »Hat die ›Midlands‹ vor zwei Jahren verlassen«, wiederholte er mechanisch. »Gütiger Himmel ... Ging mit einem Kreditbrief ins Ausland, da bin ich sicher. Wie viele Personen waren am Pizarro-Syndikat beteiligt?«

Gaylor musterte ihn mißtrauisch. »Worauf wollen Sie hinaus? Sind noch andere Mitglieder des Syndikats ins Ausland gegangen?«

»Es waren zwei, soviel ich weiß.« Es trat ein langes Schweigen ein, das Reeder schließlich brach. »Der eine war ein junger Mann namens Seafield.«

Gaylor nickte. »Ja, ich erinnere mich an den Namen.«

»Der andere hieß Ralph«, sagte Reeder langsam.

Er holte einen Bogen aus einer Schreibtischschublade, auf den er am Morgen eine Zusammenfassung geschrieben hatte, und reichte sie wortlos dem Inspektor. Gaylor las sehr langsam, denn Reeders Handschrift war nicht die leserlichste.

Als er fertig war, griff er zum Telefon. »Ich weiß zufällig, daß Gelpins Bank die ›Scottish and Midland Bank‹ in Birmingham ist. Haben Sie etwas dagegen, daß ich ein R-Gespräch anmelde?«

Er wählte die Nummer der Fernvermittlung und hatte fünf Minuten später die Bank am Apparat. Reeder hörte nur die Fragen und die einsilbigen Antworten. Schließlich hängte Gaylor ein.

»Kreditbrief über siebzehntausendfünfhundert Pfund«, bemerkte er knapp. »Eingelöst in Paris, Budapest und Madrid. Danach hat die Bank noch drei Schecks über beträchtliche Summen ausgezahlt. Sie wurden in ausländischen Städten eingereicht und waren jeweils von einem Brief Gelpins begleitet. Der Geschäftsführer der Bank sagt, daß Gelpin gerne reist und ein ansehnliches Konto besitzt und er nicht im geringsten beunruhigt sei. Er fügte noch etwas hinzu, was von Bedeutung sein kann oder auch nicht, daß nämlich Gelpin bei seiner Abreise erklärt habe, er wolle nach Montreux, dem berühmten Kurort am Genfer See.«

Sofort fiel Reeder die kleine Landkarte an der Wand in Litnoffs Wohnung mit dem rot umrandeten unregelmäßigen Dreieck ein. Im selben Moment erhob er sich, um zur Tür des Vorzimmers zu gehen und ein Telegramm entgegenzunehmen, das ein Bote der »Western Union« brachte. Er trat damit ans Fenster, öffnete es und las den Text. Es war mit »Murphy« unterschrieben und stammte vom Leiter der New Yorker Kriminalabteilung. Es lautete:

Pizarro-Bande seit zehn Jahren nicht mehr aktiv gewesen. Pizarro verbüßt in Sing-Sing lebenslange Haftstrafe. Von Kennedy, seiner rechten Hand, hat man zuletzt vor zwölf Jahren in Kalifornien gehört; soll sich gewandelt haben. Von neuen Pizarro-Unternehmungen hier nichts bekannt.

Gaylor las das Telegramm ebenfalls und gab es dann

Reeder zurück. »Glauben Sie, das ist ein Pizarro-Stückchen?«

»Mein mißtrauischer Verstand bringt mich zu diesem Schluß«, bemerkte Reeder.

Reverend Dr. Ingham kam um zwei Uhr, als Reeder gerade eins der beiden großen süßen Brötchen aß, die er regelmäßig auf dem Weg ins Büro kaufte und die ebenso regelmäßig sein Mittagessen darstellten. Am hastigen und nervösen Klopfen merkte er bereits, in welch erregter Verfassung sich der Geistliche befand.

»Mein guter Freund … es ist etwas äußerst Erstaunliches geschehen … Mr. Ralph ist wiederaufgetaucht!«

Reeder hätte angesichts dieser Nachricht eigentlich überglücklich sein müssen, statt dessen wirkte er ein wenig bekümmert. »Das ist eine sehr erfreuliche Neuigkeit«, sagte er. »Wirklich sehr erfreulich, hm.«

Der Geistliche griff in die Brusttasche seines Mantels und förderte ein Telegramm zutage. »Ich habe zufällig heute morgen Miss Ralph besucht, und während ich im Hotel war, kam dieses Telegramm. Die junge Dame ist natürlich außer sich vor Erleichterung, und ich gestehe, daß auch ich mich glücklicher fühle.«

Reeder nahm das Telegramm. Es war in Berlin West aufgegeben worden und an Joan Ralph, »Hotel Haymarket«, adressiert. Es lautete: Werde einen Monat in Deutschland bleiben. Schreib an »Hotel Marienbad« in München. Kennwort: Erwarte Ankunft. Alles Liebe. Vater.

»Erstaunlich«, erklärte Reeder.

»Das meine ich auch. Ich habe die junge Dame gebeten, mir das Telegramm zu überlassen, um es Ihnen zeigen zu können.«

»Erstaunlich«, sagte Reeder noch einmal.

»Es ist tatsächlich erstaunlich«, pflichtete Dr. Ingham ihm bei. »Und auch wieder nicht. Er ist vielleicht nach Deutschland gerufen worden und hatte keine Zeit mehr, sich mit seiner Tochter in Verbindung zu setzen ...«

»Das meine ich nicht«, unterbrach Reeder ihn. »Als ich sagte, es sei erstaunlich, meinte ich damit, wie merkwürdig und auch erstaunlich es sei, daß er an ein Hotel telegraphierte, in dem seine Tochter vorher noch nie gewohnt hat.«

Dr. Ingham riß den Mund auf. »Großer Gott!« stieß er hervor.

Sein Gesicht war weiß geworden, als sei ihm plötzlich die Einsicht gekommen, was dieses Telegramm unter Umständen bedeuten konnte. »Das ist mir gar nicht aufgefallen ... Sie ist nie zuvor dort gewesen – sind Sie sicher?«

Reeder nickte. »Sie erwähnte es beiläufig gestern abend, bevor sie ging – ich nehme an, sie hat Ihnen erzählt, daß sie mich besuchte? Nein, normalerweise wohnt sie in dem Hotel, in dem ihr Vater immer absteigt. Im ›Haymarket‹ war sie, weil es in der Nähe von Mr. Ralphs Büro liegt. Jedenfalls hätte er nach Bishop's Stortford telegraphiert.«

»Eigenartig«, sinnierte der Geistliche.

»Das ist es wirklich«, bekräftigte Reeder. »Die Geschichte hat sich zu einem – Fall ausgewachsen, zu einem richtigen Fall.«

Lange Zeit schien er völlig versunken in die Betrachtung der Regenbäche, welche an den Fensterscheiben hinunterliefen.

»Es ist wirklich verwirrend«, sagte Dr. Ingham schließlich. »Ich gestehe, ich werde langsam unruhig. Dieser rothaarige junge Mann zum Beispiel ...«

»Hat Miss Ralph Ihnen von ihm erzählt?«

»Miss Gillette, Ihre entzückende Sekretärin. Sie kam mit ihrem Bruder ins Hotel ...«

»Ihrem Freund«, verbesserte Reeder und hüstelte.

»Wirklich? Sie hat ihn mir nicht vorgestellt.«

»Sie tut nie das, was sie tun sollte«, erwiderte Reeder erbittert. Er schwang sich mit seinem Drehsessel herum, als müsse er sich gewaltsam von dem Anblick der über die

Scheibe rinnenden Regentropfen losreißen.

»Auch der rothaarige junge Mann ist bemerkenswert. Ich mache mir einige Sorgen um ihn. Er steht sozusagen an der Schwelle zum – hm – Leben. In ein paar Jahren sonnt er sich vielleicht im Glück einer rothaarigen Frau und – hm – rothaariger Kinder. In den besten Jahren dahingerafft zu werden, und alles nur, weil sein Vater krank war und er eine Diamantbrosche oder -spange zu niedrig geschätzt hat, wäre reichlich ungerecht.«

Dr. Ingham starrte ihn verständnislos an. »Ich verstehe nicht ganz, was Sie meinen. Dahingerafft zu werden ... glauben Sie, daß dieser junge Mann in Gefahr ist?«

»Das frage ich mich«, antwortete Reeder.

Lange saßen sie da und blickten sich düster an.

»Ich bin ganz durcheinander«, sagte Dr. Ingham schließlich und seufzte. »Ich komme mir vor, als habe ich mich in irgendein furchtbares unwirkliches Land verirrt. Mr. Reeder«, er beugte sich vor, »sind Sie gelegentlich in Kent?«

»Ich wohne dort«, antwortete Reeder, was tatsächlich zutraf, denn die Brockley Road liegt an der Grenze zwischen London und dieser Grafschaft.

»Ich meine auf dem Land. Ich habe über diese Angelegenheit mit meiner Frau gesprochen, die bemerkenswert viel Scharfsinn besitzt. Sie hat eine Theorie aufgestellt, die ich, das muß ich gestehen, für absolut aberwitzig halte. Ich hätte das alles gar nicht erwähnt, hätten Sie nicht diese Zweifel hinsichtlich des Telegramms aus Berlin, das, wie ich glaubte, das Geheimnis lüften würde. Erst gestern abend sagte ich zu ihr: ›Meine Liebe, würdest du Mr. Reeder deine Theorie erzählen, würde er meinen, du liest zuviel Kriminalromane.‹ Sie ist nicht sehr gesund und verläßt nur selten das Haus. Wäre es sehr unverschämt, Sie zu fragen, ob Sie nicht einmal ein Wochenende bei uns verbringen möchten?«

Reeder zögerte. »Ich gehe selten aus«, erklärte er, »aber welche Theorie hat denn Ihre Frau?«

Ingham lächelte. »Ich glaube, ich muß mich dafür entschuldigen, daß ich diese Frage überhaupt gestellt habe ... Also: Vor vielen Jahren, als ich in Amerika war, wurde ich betrogen. Die Summe war unbedeutend, aber es war mir eine Lehre. Da stand ich, ein unabhängiger Mann dank der Güte meines Vaters, und doch trug die Habgier, die in uns allen wohnt, den Sieg über meine Bedenken davon, und ich investierte in ein lächerliches Unternehmen, welches das schnelle Geld versprach, eine Art Schatzsuche, die von einem Gauner namens Pizarro organisiert worden war.«

Reeder nickte, sagte aber nichts.

»Meine Frau meint, daß hinter Mr. Ralphs Verschwinden irgendein teuflischer Plan steckt, was genau, bin ich nicht in der Lage zu erklären. Ihre Theorie hat, so phantastisch das klingen mag, mit Pizarro zu tun. Nun weiß ich zufällig, daß Pizarro im Gefängnis ist, zumindest glaube ich das ...«

Reeder hob den Zeigefinger. Es hätte eine warnende Geste sein können, tatsächlich war es jedoch ein Zeichen, daß er etwas sagen wollte.

»Samstagnachmittag habe ich nichts Besonderes vor«, erklärte er. »Darf ich dann Ihre Gastfreundschaft in Anspruch nehmen? Ich möchte mit allem Respekt bemerken, daß Ihre Gattin eine sehr intelligente Frau ist. Ich würde sie gern kennenlernen.«

Dr. Ingham wollte seinen Wagen schicken, um ihn vom Schnellzug nach Dover abzuholen. Der Plan fand Reeders Zustimmung, aber ...

»Ich muß am Abend zurückfahren. Ich – hm – schlafe nie in einem anderen als meinem eigenen Bett.«

Dr. Ingham zeigte Verständnis für seine Vorurteile gegenüber fremden Betten. Er machte noch einen anderen Vorschlag, daß Reeder nämlich die ganze Strecke mit dem Wagen fahren sollte.

»Es dauert zwar etwas länger, aber die Straße ist sehr gut, und ich könnte Sie von zu Hause abholen lassen. Die Brockley Road liegt sehr günstig.«

Auch damit war Reeder einverstanden.

Den Rest des Tages wartete Reeder vergeblich auf irgendein Zeichen des rothaarigen jungen Mannes. Nichts hatte sich ereignet, als Miss Gillette ins Büro zurückkehrte, was gegen fünf Uhr der Fall war. Reeder war nicht gerade untätig gewesen. Eine Aushilfskraft, die er manchmal beschäftigte, war auf seine dringende Bitte gekommen und hatte einen Nachmittag damit verbracht, im »Somerset House« bestimmte Unterlagen herauszusuchen.

Als Miss Gillette zurückkam, besaß er eine vollständige Liste der englischen Anleihezeichner des Pizarro-Syndikats und hatte ihnen – mit drei Ausnahmen – ein Telegramm geschickt. Kein Telegramm bekamen Mr. Ralph, der verschwundene Seafield und Mr. Gelpin.

Er verließ das Büro um sechs Uhr, schlenderte zu Scotland Yard und marschierte direkt in Gaylors Zimmer.

»Die Arbeit hätte ich Ihnen ersparen können«, meinte Gaylor, als Reeder ihm von den verschickten Telegrammen erzählte. »Wir sind bereits mit der örtlichen Polizei in Verbindung, die Nachforschungen anstellt. Zwei Anteilszeichner haben wir gefunden, doch das sind arme Schlukker und wahrscheinlich kaum betroffen. Außerdem sah ich mir die Karte in Schmidts Wohnung an und telefonierte mit der Polizei in Montreux. Man sagte mir, daß das rot umrandete Gebiet ein verlassener Bauernhof sei, im Besitz eines Russen. Der Polizeichef war sehr nett. Er schickte ein paar Leute nach Glion, die sich dort umsahen, aber es ist niemand da, das Anwesen ist heruntergekommen und seit mehreren Jahren nicht mehr bewohnt. Früher gab es mal einen Verwalter, aber der wurde inzwischen entlassen. Der Russe war selbstverständlich Litnoff. Offenbar war er nur ein- oder zweimal dort und hat nie auf dem Bauernhof gewohnt. Eine ziemlich verworrene Geschichte.«

»Für mich ist sie so klar wie das Wasser eines Gebirgsbaches«, meinte Reeder poetisch, »aber das natürlich nur, weil ich kriminalistischen Spürsinn besitze.«

Nach einem einfachen Abendessen kehrte er gegen neun Uhr in sein Büro zurück. Telegramme waren nicht gekommen. Nur ein Brief lag im Kasten, der den Scheck eines ehemaligen Klienten enthielt.

4

Das Nieseln hatte sich in Regen verwandelt, der Reeder den Regenmantel hinunterlief und sich gelegentlich in kleinen Sturzbächen über den Rand seines Hutes ergoß, während er zur nächsten Straßenbahnhaltestelle stapfte, um nach Hause zu fahren.

Es war kein Abend, an dem man sich gern draußen aufhielt. Ein Mann in gelbem Ölzeug lungerte an der Ecke zur Brockley Road herum, und ein anderer schlenderte müßig auf und ab. Dieser Mann drehte sich um, als er Reeders Schritte hörte, und kam auf ihn zu.

»Haben Sie ein Streichholz, Meister?« Seine Stimme klang rauh und gewöhnlich. Er trug einen blauen Trenchcoat, der bis unter das Kinn zugeknöpft war und von einem Gürtel zusammengehalten wurde. Reeder hob die Spitze seines Regenschirms, bis sie auf einen Punkt direkt über dem Gürtel wies.

»Ich habe kein Streichholz. Und wenn, wäre ich nicht so dumm, die Hände in die Taschen zu stecken, um eines herauszuholen«, sagte er weitschweifig. »Und jetzt möchte ich Sie bitten, mich vorbeizulassen. Das erspart Ihnen eine Menge Ärger.«

»Ich habe Sie doch höflich gefragt, oder?« maulte der Mann.

»Ihre Höflichkeit interessiert mich nicht«, entgegnete Reeder, und plötzlich schoß seine Hand vor, packte den Mann mit einer Kraft an der Schulter, die niemand bei ihm vermutet hätte, und schleuderte ihn auf die Straße. Dann trat er durch das kleine Eisentor und warf es hinter sich ins Schloß. »Kennedy können Sie von mir bestellen, er vergeudet seine Zeit.«

»Ich weiß gar nicht, von wem Sie reden«, knurrte der Mann.

Reeder ließ sich auf keine Diskussion ein. Er stieg die Eingangsstufen hinauf und schloß die Haustür auf. In der Halle hängte er den nassen Regenmantel auf, streifte die Überschuhe ab und ging nach oben in sein Zimmer. Ohne Licht zu machen trat er ans Fenster, zog den schweren Vorhang zur Seite und blickte hinaus.

Der Mann im blauen Trenchcoat stand noch immer vor dem Haus, aber jetzt zusammen mit dem im gelben Ölzeug. Sie sprachen miteinander.

Reeder war mit einer sehr eigenwilligen Art von Humor gesegnet. Er ging ins Schlafzimmer, nahm eine kleine Luftpistole aus dem Schrank und lud sie. Auf die Entfernung, die ihn von den beiden Beobachtern trennte, waren die Geschosse einer Luftpistole nicht gefährlich, wohl aber schmerzhaft. Vorsichtig schob er das Fenster hoch, zielte und drückte ab. Er hörte, wie der Mann im gelben Ölzeug aufschrie und zusammenzuckte.

»Wer hat dich denn gebissen?« fragte der Mann im blauen Trenchcoat.

»Irgendwas hat mich gestochen.« Er hielt sich den Hals und bewegte den Kopf schmerzgepeinigt vor und zurück.

Reeder schob eine neue Kugel in den Lauf und zielte noch genauer.

»Hör mal«, sagte der Mann im Trenchcoat, aber weiter kam er nicht. Der Hut wurde ihm vom Kopf gerissen, und als er erschrocken aufblickte, sah er Reeder, der sich aus dem Fenster beugte.

»Verschwinden Sie!« forderte Reeder sie freundlich auf.

Die Antwort hörte er nicht mehr, denn er schloß schnell das Fenster. Im Grunde lehnte er solche Späße ab, aber als er einige Minuten später hinausblickte, waren die beiden Männer gegangen.

Es war elf Uhr, als er zu Bett ging. Er hatte keinen leichten Schlaf, sonst hätte er den ersten Stein gehört, der gegen sein Fenster geworfen wurde. Der zweite weckte ihn jedoch, denn er war größer und durchschlug die Scheibe.

Im Nu war Reeder aus dem Bett, schlich sich behutsam zum Fenster und spähte nach draußen. Niemand war zu sehen. Er öffnete das Fenster, um sich einen besseren Überblick zu verschaffen. Die Straße war leer. Keine Menschenseele war zu sehen, aber dann, als sich seine Augen an die Dunkelheit gewöhnt hatten, entdeckte er eine Gestalt im Schatten des Rhododendrons, der den Vorgarten des Hauses schmückte.

Diesmal nahm Reeder keine Luftpistole, sondern eine handfeste Browning, die er in seinen Morgenmantel steckte. Lautlos ging er die Treppe hinunter, schloß die Tür auf, öffnete sie und leuchtete mit einer starken Taschenlampe in den Garten. Es war weder jemand im Trenchcoat, noch im Ölzeug, sondern ein völlig durchnäßter, barhäuptiger junger Mann, dem die nassen Kleider am Körper klebten.

Eine flehende Stimme erscholl aus dem Dunkel: »Sind Sie Mr. Reeder? Machen Sie doch bitte das Licht aus!«

»Ah, Sie sind's«, sagte J.G. Reeder freundlich, und diese Bemerkung kam selbst ihm etwas ungereimt vor. »Haben Sie meine Anzeige gelesen?«

Mit einem Satz sprang der junge Mann durch die Eingangstür in die Halle. Reeder folgte ihm und schloß hinter sich ab. Er spürte förmlich, wie sein Besucher zitterte.

»Wohin, Sir?« fragte der junge Mann angstvoll.

J.G. Reeder führte ihn die Treppe hinauf ins Arbeitszimmer und schaltete das Licht an.

Der rothaarige junge Mann bot ein beklagenswertes Bild. Sein Gesicht war blutverschmiert, und auch die Handknöchel bluteten. Er hatte weder Kragen noch Krawatte, und dort, wo er stand, bildete sich eine immer größer werdende

Pfütze auf Reeders abgenutztem Teppich.

»Ich wollte gar nicht herkommen, aber nachdem die versucht haben, mich umzubringen …«

»Ich glaube, Sie nehmen am besten zuerst einmal ein heißes Bad«, unterbrach Reeder ihn.

Er ließ den zitternden jungen Mann im Bad allein, damit er sich seiner nassen Kleidung entledigen konnte, und holte einige getragene Sachen für ihn.

In seinem Arbeitszimmer gab es eine Kaffeemaschine, und im Schrank stand ein großer Gewürzkuchen. Für Gewürzkuchen hatte er eine Schwäche.

Reeder bereitete gerade den Kaffee, als der junge Mann ins Zimmer trat. Er sah nicht sonderlich attraktiv aus, war sehr blaß und hatte eine riesige Nase und ein langes, kantiges Kinn. Er war sehr schmächtig, so daß Reeders Sachen ihn eigentlich mehr bedeckten als kleideten.

»Also Mr …«

»Edelsheim, Benny Edelsheim«, ergänzte der junge Mann. »Ich wohne in der Pepsy Road, New Cross. Haben die jungen Damen Ihnen von mir erzählt? Ich wollte, ich wäre damals abends nicht weggelaufen, als Sie mich verfolgten. Das Mädchen sieht wirklich gut aus, finden Sie nicht? Ich meine nicht die Blonde, die andere.«

»Haben Sie mich mitten in der Nacht geweckt, um mit mir über die Vorzüge von Brünetten zu sprechen?« fragte Reeder freundlich. »Wer hat Sie geschlagen?«

Der junge Mann betastete vorsichtig seinen Kopf, um den er sich ein großes Handtuch gewickelt hatte. »Ich weiß es nicht. Ich glaube, es war der Kerl in dem gelben Mantel … Es waren zwei. Ich wollte gerade ins Haus gehen, als mich ein Mann fragte, ob ich Feuer hätte. Er gefiel mir gar nicht. Ich suchte nach einem Streichholz, da schlug er zu. Ein Stückchen weiter den Hügel runter stand ein Auto, die Pepsy Road liegt auf einem Hügel, früher hieß sie mal Red Hill …«

»Die Gegend ist mir bekannt«, bemerkte Reeder. »Was

taten Sie, als er Sie geschlagen hatte?«

»Ich rannte weg«, erklärte der junge Mann schlicht. »Ich wollte schreien, konnte aber nicht, und dann stellte der andere, der beim Auto stand, mir ein Bein.«

Er betrachtete seine Knöchel. »Da hab ich mir das hier geholt. Ich glaube, sie waren zu dritt. Der Fahrer stand beim Wagen und sprang auf mich zu, aber ich wich ihm aus und entkam über den Hügel, verfolgt von dem Burschen im gelben Mantel.«

»Um wieviel Uhr war das?«

»Gegen neun. Ich wollte zu Ihnen, das heißt, ich hatte es mir vorgenommen. Ich wußte, wo Sie wohnen, aber ich dachte mir, du gehst erst nach Hause und sprichst mit dem alten Herrn – mein Vater. Wir haben ein Juweliergeschäft in der Clerkenwell Road, aber er ist schon fast ein Jahr krank, und da führe ich es.«

»Und Sie entkamen?« schaltete Reeder sich ein, um die Geschichte etwas zu beschleunigen.

»Zunächst ja«, fuhr Edelsheim fort. »Ich entwischte über den Hügel. Nirgends war ein Polizist zu sehen. Es ist eine Schande, wieviel Steuern wir zahlen, und nirgends Polizei! Es war furchtbar. Ich sah sie einige Zeit nicht und dachte schon, ich sei ihnen entkommen, und dann bemerkte ich die Scheinwerfer des Autos. Wenn ich bei Verstand gewesen wäre, hätte ich beim nächsten Haus geklopft und wäre reingegangen. Als ich den Wagen sah, bin ich bei einem Sportplatz oder so was Ähnlichem über das Geländer gesprungen. Sie müssen mich gesehen haben, denn der Wagen hielt genau an der Stelle, wo ich rübergesprungen war. Ich sah zwar nicht, daß der Mann mir folgte, aber ich spürte es irgendwie. Dann merkte ich, daß ich auf einem Friedhof war. Mein Gott, es war furchtbar, zwischen den Kreuzen so herumzurennen! Ich kletterte über die Mauer, und dann traf ich endlich einen Polizisten. Er hielt mich für betrunken und wollte mich einlochen, da bin ich wieder abgehauen.«

»Haben Sie den Mann mit dem gelben Mantel gesehen?«

»Erst hier. Es war eher zwölf als elf. Ich überlegte mir gerade, ob ich Sie wecken sollte, als ich die beiden sah. Sie kamen von der Lewisham High Road. Ich sprang in Ihren Vorgarten und versteckte mich hinter dem Busch. Einer ging die Stufen rauf und spielte an der Tür herum. Er hatte eine Taschenlampe. Ich bin vor Angst fast gestorben. Ungefähr eine Stunde haben sie hier herumgelungert.«

»Und Sie hatten Angst zu läuten, weil Sie befürchteten, gesehen zu werden?«

»Das stimmt. Ich wartete, bis sie gegangen waren, und warf dann die Steine. In diesem Zimmer muß ich auch zwei oder drei Scheiben zerschmissen haben.«

Reeder goß Kaffee nach, und die Wärme des Getränks und des Kaminfeuers, das er angezündet hatte, ließ Benny Edelsheim sich allmählich behaglicher fühlen.

»Ist sie hier?« fragte er. »Die Dunkelhaarige?«

»Sie ist nicht hier«, antwortete Reeder ruhig.

Und dann fing der junge Mann plötzlich wieder an zu jammern.

»Was soll das alles?« rief er. »Ich habe heute abend Ihre Anzeige gelesen. Mir war nicht klar, ob sie irgendwas mit dem Überfall auf mich zu tun hatte, doch auf dem Friedhof kam mir der Gedanke, daß diese Kerle wegen der Anzeige und der Brosche und so weiter hinter mir her waren und wegen dem, was ich zu den jungen Damen sagte. Hab ich was Schlimmes getan? Das täte mir leid. Normalerweise spreche ich junge Damen nicht an, ohne mich vorzustellen. Wenn ich sie gekränkt habe – Sie sind doch nicht ihr Vater, oder?«

»Ich bin kein Vater«, erklärte Reeder mit Nachdruck.

»Das habe ich auch nicht angenommen«, sagte Edelsheim, »denn ich kenne Sie. Sie sind Detektiv. Mein Vater behauptet, Sie seien der beste Detektiv, den es gibt. Ich wollte Sie aufsuchen, um Ihnen zu erklären, daß ich niemandem Schaden zufügen wollte.«

Reeder schob die Platte mit dem Gewürzkuchen etwas näher zu ihm hin. »Sie sind, mein lieber junger Freund«, sinnierte er, »sozusagen nur ein Rädchen in einer sehr komplizierten Maschine. Ich verstehe sehr gut, daß Sie die Auftraggeber dieser beiden Kerle aus der Fassung gebracht haben. Kommen wir jetzt zum wirklich wichtigen Punkt – erzählen Sie mir, was Sie in dem Restaurant zu den beiden jungen Damen sagten und warum.«

»Ich habe sie im ersten Augenblick erkannt«, begann er. »Tag und Nacht muß ich an sie denken, Mr. Reeder. Es gibt Gesichter, die einen anspringen, wenn ich so sagen darf, die einen irgendwie beeindrucken – sie ist doch nicht verheiratet, oder?« fragte er besorgt.

»So gut wie«, erwiderte Reeder.

Das Gesicht des jungen Mannes verzog sich schmerzlich.

»Sie ist verlobt«, erklärte Reeder hastig, um jeden falschen Eindruck zu vermeiden.

»Ich habe nur noch dieses Gesicht vor Augen«, sagte Benny niedergeschlagen. »Ich bin romantisch, Mr. Reeder, es macht mir nichts aus, das zuzugeben. Ich habe mich in dem Moment in sie verliebt, als ich ihr Bild sah. Sie trug Knickerbocker. Reizend! Das ist die Frau für mich, dachte ich, dabei habe ich das Bild nur kurz gesehen. Er öffnete auf dem Ladentisch die Brieftasche – ich meine den Mann, der in den Laden kam – und nahm das Foto heraus, weil die Brosche im gleichen Fach lag, in Seidenpapier eingewickelt, und ich konnte das Bild genau sehen und sagte mir ...«

»Ja, ja«, unterbrach Reeder ihn mit einer gewissen Ungeduld, »quälen Sie sich im Moment nicht wegen Ihrer Gefühle, Mr. Edelsheim. Erzählen Sie mir etwas über die Brosche.«

»Die Brosche, ja, sicher. Es war ein sehr schönes Stück, mondförmig, mit Diamanten und Smaragden besetzt. Ich kenne mich mit Steinen aus. Ich war achtzehn Monate in Hatton Garden. Mein Vater meinte, ich sollte ganz unten anfangen ...«

»Wollte er die Brosche verkaufen?«

Benny schüttelte den Kopf. »Nein, er wollte sie schätzen lassen. Wir schätzen ziemlich viel, und ich mache das, glaub ich, ganz gut. Wir haben ein sehr großes Geschäft, ein halbes Dutzend Angestellte und eine Filiale in Bristol.«

»Und Sie haben sie geschätzt?« fragte Reeder.

»Ja, auf tausendzweihundertfünfzig Pfund, aber ich habe mich geirrt. Selbst der Beste macht einmal einen Fehler. Ich erinnere mich, daß ich einmal ...«

»Sie haben sie hundert Pfund zu niedrig geschätzt?«

»Ja. Das beichtete ich der jungen Dame, als ich sie traf. Ich dachte, sie erzählt es vielleicht ihrem Freund ...«

»Ihrem Vater«, berichtigte Reeder.

»Oh, es war ihr Vater?« Benny interessierte das mehr als die banalen Fragen nach einer Diamant- und Smaragdbrosche.

»Ja, ich habe sie hundert Pfund zu niedrig geschätzt. Eigentlich wollte er nur wissen, ob die Steine echt seien, und das konnte ich ihm selbstverständlich sagen. Ich glaube nicht, daß er sich wegen der falschen Schätzung geärgert hätte, und ich hätte das auch gar nicht erwähnt, aber ich wollte irgendwie mit der jungen Dame bekannt werden. Mr. Reeder, Sie sind ein Mann von Welt ...«

»Um wieviel Uhr kam er in den Laden?«

Den Mund voller Gewürzkuchen dachte Benny nach. »Gegen fünf Uhr abends.«

»Und als Sie die Brosche geschätzt hatten, was geschah da?«

»Er wickelte sie ein und nahm sie wieder mit. Ich fragte ihn, ob er sie verkaufen wolle, und er lehnte ab.«

»Sie haben ihn nicht wiedergesehen?«

Benny schüttelte den Kopf.

»Das war Mittwoch letzter Woche?«

»Dienstag«, erwiderte Benny sofort. »Zufällig weiß ich das, weil ich eine Verabredung hatte – eine Verabredung fürs Kino, und ich hatte es eilig, den Laden zu schließen und wegzukommen.«

Reeder machte sich ein paar Notizen auf seinen Schreibblock. »Haben Sie diese Brosche schon früher mal geschätzt?«

Benny Edelsheim starrte ihn mit offenem Mund an. »Eigenartig, daß Sie das fragen, Mr. Reeder. Ich nicht, aber mein Vater. Ich habe sie ihm beschrieben, und er sagte, er sei sicher, das selbe Stück vor sechs Monaten geschätzt zu haben. Natürlich kann er sich irren, aber er hat ein hervorragendes Gedächtnis.«

»Warum gerade die Clerkenwell Road?« murmelte Reeder vor sich hin. »Inserieren Sie?«

»Wir sind in London die Schätzer mit der besten Werbung«, erklärte Benny stolz. »Das ist unsere Spezialität. Ich kann Ihnen gar nicht sagen, wie aufgebracht mein Vater war, als mir der Fehler unterlief. Das falle irgendwie auf die Firma zurück. O ja, wir haben große Anzeigen, in allen Zeitungen! Schätzen von Schmuck. Eigentlich müßten Sie unseren Namen schon einmal gesehen haben.«

Reeder nickte. »Das ist eine Erklärung«, meinte er. Er sah auf die Uhr. Es war halb zwei. Er griff zum Telefon und rief den nächsten Taxistand an. »Ich bringe Sie nach Hause«, sagte er dann. »Sie bündeln Ihre nassen Sachen am besten zusammen. Ich ziehe mich in der Zwischenzeit an.«

Als das Taxi kam, war Reeder, der jetzt hellwach war, fertig. Er trat als erster vor die Tür, doch es bedurfte dieser Vorsicht nicht und noch weniger des Brownings in seiner Tasche.

Die Fahrt zur Pepsy Road verlief ohne Zwischenfälle. Er wartete, bis der junge Mann im Haus verschwunden war, ließ sich dann zur nächsten Polizeiwache fahren und führte dort ein Gespräch mit dem Beamten, der Nachtdienst hatte.

Als Benny Edelsheim am nächsten Morgen aus dem Fenster blickte, sah er einen Polizisten unbeweglich vor dem Haus stehen und hatte zum ersten Mal das Gefühl, daß er seine Steuern nicht umsonst zahlte.

5

Der nächste Morgen brachte eine Überraschung. Als Reeder ins Büro kam, war Miss Gillette bereits da. Allein das war schon bemerkenswert. Sie unterhielt sich in ihrem Zimmer mit einem frühen Besucher, Dr. Ingham, und ihrer besorgten Stimme nach klang es fast so, als bemutterte sie ihn.

Reeder blieb an der halbgeöffneten Tür stehen und hörte, wie sie sagte: »Ich würde mir deswegen keine Sorgen machen, Dr. Ingham. Reeder wird mit diesem Unfug aufräumen. Er ist viel klüger, als er aussieht.«

Ihr so verleumdeter Arbeitgeber ging leise weiter in sein Zimmer und läutete.

»Ich habe gar nicht gehört, wie Sie gekommen sind – Sie erschrecken mich manchmal zu Tode«, beklagte sich Miss Gillette, als sie eintrat, und fügte dann hinzu: »Mr. Ingham ist hier.«

»Dr. Ingham«, verbesserte Reeder tadelnd. »Sie sind manchmal etwas – hm – sorglos, wenn es um Anreden geht.«

»Er ist überfallen worden – irgend jemand hat vergangene Nacht versucht, bei ihm einzubrechen«, berichtete Miss Gillette. »Der arme Mann, er sieht entsetzlich aus!«

Offensichtlich hatte der Geistliche eine bewegte Nacht hinter sich. Seinen Nasenrücken zierte ein Heftpflaster. Ein Auge war blau und geschwollen, die Unterlippe aufgeplatzt.

»Ich fürchte, ich sehe ziemlich abstoßend aus«, bemerkte er, während er dem Detektiv die Hand reichte.

Der unverletzte Teil seines Gesichts war bleich und verzerrt, und als er erklärte, daß er in der letzten Nacht nicht geschlafen habe, überraschte das Reeder nicht.

Er war am Vorabend nach St. Margaret's zurückgekehrt. Von Dover aus war er mit dem eigenen Wagen gefahren. Gegen zehn Uhr traf er zu Hause ein.

»›Grayne Hall‹ wurde erbaut, wo früher einmal eine alte

Burg stand«, erklärte er. »Von der ursprünglichen Bausubstanz ist kaum etwas übriggeblieben, und ich ließ daher die Mauern einreißen und ein modernes Haus bauen. Es ist natürlich sehr einsam, aber es hat einen herrlichen Baumbestand, und ich ließ einen schönen Garten anlegen. Ich hatte mich gerade hingelegt, als meine Frau sagte, sie habe ein Geräusch gehört. Ich ging nach unten, selbstverständlich unbewaffnet, denn ich besitze nicht einmal eine Schrotflinte. Ich kam in die Halle und suchte nach dem Lichtschalter, als mir jemand einen Schlag gab. Es war ein furchtbarer Hieb ins Gesicht. Aber es gelang mir, eine alte Streitaxt zu erwischen, die – ein Glück für mich – an der Wand hing. Damit wehrte ich mich. Meine Frau, die den Lärm in der Halle gehört hatte, schrie, und einer der Angreifer rief: ›Los, weg, Kennedy!‹ Unmittelbar darauf wurde die Tür zur Halle aufgerissen, und ich sah zwei, vielleicht waren es auch drei, Personen hinaus in den Garten laufen und verschwinden.«

»Was?« rief Reeder. »Einer von ihnen sagte: ›Los, weg, Kennedy!‹ Sind Sie ganz sicher?«

»Ich könnte schwören, daß es dieser Name war. Später fiel mir dann ein, das heißt, meine liebe Frau erinnerte sich, daß ein Mann namens Kennedy Mitglied der Pizarro-Bande war.«

Nachdenklich betrachtete Reeder die Verletzungen im Gesicht des Geistlichen. »Eine Waffe ist nicht benutzt worden?«

Dr. Ingham lächelte gequält.

»Ein schwacher Trost«, sagte er ein wenig bitter. »Nein, ich glaube, ich habe einen Schlag mit der Faust bekommen, die eine Waffe hielt. Der Kerl muß in der Dunkelheit wie ein Wilder um sich geschlagen haben.«

Nach der Polizei hatte er nicht geschickt. Offenbar besaß er keine übertrieben hohe Meinung von der Polizeibehörde in Kent, und außerdem fände er es, wie er gestand, entsetzlich, wenn sein Name in der Zeitung erschiene. Reeder konnte ihm das nachempfinden, denn auch er hatte eine entschiedene Abneigung gegen jede Art von Aufsehen.

»Ob diese Leute einfache Einbrecher waren, die bei der Arbeit gestört wurden, oder ob Rache für irgendein angebliches Unrecht dahinter steckt, kann ich nicht sagen. Bei meiner Frau ist der Pizarro-Fall inzwischen zur fixen Idee geworden. Sie ist im übrigen ganz versessen darauf, Sie kennenzulernen. Aber nun sagen Sie mir bitte, Mr. Reeder, was soll ich tun? Ich will mich ganz Ihrem Rat fügen. Jetzt noch zur Polizei zu gehen, erscheint mir ziemlich sinnlos. Ich kann die Männer nicht beschreiben. Bis auf den einen Augenblick, als sich ihre Silhouetten in der offenen Tür abzeichneten, habe ich sie nie gesehen. Mein Butler und mein Gärtner haben sich heute morgen umgehört, aber offenbar sind sie niemand aufgefallen. Nicht einmal der Küstenwache, die ganz in der Nähe eine Hütte hat.«

Reeder saß mit halbgeschlossenen Augen da, die großen Hände im Schoß gefaltet.

»Sehr seltsam«, murmelte er schließlich. »Kennedy, Casius Kennedy. Ein übler Bursche. Das hat er von seiner Mutter, einer Dame mit sehr lockerer Vergangenheit.« Er schob die Unterlippe vor. »Seltsam, sehr seltsam.«

Dr. Ingham holte tief Luft. »Was soll ich tun?« fragte er.

»Bitten Sie um Polizeischutz«, empfahl Reeder. »Ein Beamter soll im Haus schlafen und ein weiterer auf dem Grundstück Wache halten. Ich hoffe, wir sehen uns am Sonnabend.« Er erhob sich ziemlich unvermittelt und streckte die Hand aus. »Bis Sonnabend«, sagte er, und Dr. Ingham ging hinaus, in hohem Maß unzufrieden.

Reeder war alles andere als sanftmütig an diesem Morgen. Er war in einer Stimmung, wie sie Miss Gillette noch nie an ihm erlebt hatte. Das erfuhr sie sehr bald.

»Was haben Sie zu Dr. Ingham gesagt?« fragte sie neugierig.

»Wenn ich Sie brauche, läute ich, junge Dame!« fuhr er sie an.

Sie verschwand, ein wenig verblüfft über seine Rebellion. Sie hörte, wie sich der Schlüssel im Schloß seiner Bürotür drehte, und als sie sich telefonisch deswegen erkundigen wollte, war er sehr unfreundlich.

»Ich glaube, ich gehe besser nach Hause, Mr. Reeder«, sagte sie.

»Ich schicke Ihnen das Gehalt mit der Post«, erwiderte er.

Die Tür hinter sich zuknallend verließ sie das Büro, was – bis auf das Türzuschlagen – genau das war, was er bezweckt hatte.

Er schloß die Tür zum Gang ebenfalls ab und rief Inspektor Gaylor an.

»Ich brauche ein paar Mann«, erklärte er. »Ich bin nervös, oder soll ich sagen ängstlich?«

»Ich habe mich schon gefragt, wann Sie soweit sind«, meinte Gaylor. »Ich lasse den jungen Edelsheim beschatten. Danke für Ihren Brief. Gibt es irgendwas Neues?«

Reeder erzählte ihm von Dr. Inghams unerfreulichen Erlebnissen.

»Oh!« sagte Gaylor, und dann, nach einer Pause: »Das wird vorhalten.«

»Das habe ich mir auch gedacht«, pflichtete Reeder bei. »Macht es Ihnen etwas aus, wenn ich Ihren Namen heute ausnahmsweise – hm, sagen wir – etwas großzügig gebrauche?«

»Solange Sie nicht versuchen, Geld darauf zu borgen«, erklärte Gaylor, der einen befremdlichen Sinn für Humor hatte.

Danach las Reeder längere Zeit in einem Branchentelefonbuch und rief mehrere Schiffsagenturen an. Ganz unvermittelt war sein Interesse am Segeln erwacht. Bei den ersten neun Anfragen erreichte er nichts, aber die zehnte entschädigte ihn für alle Mühe. Es war nicht schwer, die Antworten zu bekommen, die er brauchte. Wenn er bei einem schwierigen, nicht sehr gesprächsbereiten Agenten landete, bediente er sich freizügig Gaylors Namen und erhielt sofort die gewünschten Auskünfte.

Auch der zehnte Anruf bedurfte dieser Hilfe. Dafür übertraf das Ergebnis alle Erwartungen. Reeder verbrachte eine angenehme Stunde mit seinen Notizen und einer Gezeitentabelle. In der Zwischenzeit waren die beiden Beamten von Scotland Yard eingetroffen, und als kurz nach dem Mittagessen ein Stadtbote ein großes, schweres Paket von einem Buchhändler im Westend brachte, erwiesen sie sich als sehr nützlich, denn einer von ihnen hatte ein Jahr in der Sprengstoffabteilung von Scotland Yard gearbeitet und besaß ein feines Ohr für das schwache Ticken, das aus dem Paket drang.

»Es ist eine Zeitbombe, sie kann aber auch beim Auspakken explodieren«, erklärte er.

Sie sahen zu, wie das Paket langsam in einem mit Wasser gefüllten Eimer versank, und als der Beamte vom Yard es nach einer halben Stunde wieder herausnahm, hatte das Ticken aufgehört.

»Das ist von langer Hand vorbereitet worden«, erklärte er. »Diese Bombe hat man nicht in aller Eile zusammengebastelt.«

Das Telefon klingelte im selben Augenblick, und Reeder nahm ab.

»Sie sind es, Reeder?« Das war Gaylor, der sehr schnell sprach. »Ich komme vorbei und hole Sie ab. Wir haben Gelpin gefunden.«

»Was?« rief Reeder überrascht.

»Tot – Herzschuß. Ein Förster fand die Leiche im Wald von Epping. Halten Sie sich bereit.«

Das Telefon klickte, aber Reeder stand noch immer mit dem Hörer in der Hand da, die Stirn tiefbesorgt gerunzelt.

»Irgendwas nicht in Ordnung, Sir?« fragte der Beamte.

Reeder nickte. »Ich habe mich geirrt. Wenn ich auch nur ein bißchen Verstand gehabt hätte, hätte ich das voraussehen müssen.«

Was dieses »Das« war, erläuterte er nicht näher. Ein paar

Minuten später saß er mit noch vier Mann in einem Polizeiwagen, der nach Epping fuhr.

Es war fast dunkel, als der Wagen auf einem Seitenweg am Wald anhielt. Ein Förster führte sie zu der Stelle, wo der Tote lag.

Er war mittelgroß und hatte überdurchschnittlich breite Schultern.

Obwohl George Gelpin zwischen fünfzig und sechzig gewesen war, war er noch immer ein gutaussehender Mann gewesen. Er hatte an Parforcejagden teilgenommen und sehr gut Kricket gespielt – ein großer Sportler.

»Nichts in den Taschen, keine Anhaltspunkte. Wenn wir nicht sein Foto und seine Beschreibung gehabt hätten, die heute morgen aus Birmingham eintrafen, hätten wir eine Heidenarbeit gehabt, ihn zu identifizieren«, sagte Gaylor.

Unter den Männern, die bei der Leiche standen, war auch der Arzt. Er nannte einige Ergebnisse seiner Untersuchung, die Reeder in seiner Ansicht bekräftigten. Die eigentliche Bestätigung aber lieferte er, als er die Hände des Toten prüfte.

Es gab keine Reifenspuren, und die Sträucher, hinter denen man den Mann gefunden hatte, wiesen keinerlei abgebrochene Zweige auf. Vielleicht war es ein ganz normaler Selbstmord, und der Arzt deutete diese Möglichkeit auch an.

In der Nähe des Toten hatte man einen Revolver gefunden. Er mußte aus allernächster Entfernung abgefeuert worden sein, denn der Mantel wies Brandspuren auf.

»Wegen der Nummer des Revolvers stellen wir noch Nachforschungen an, aber ich glaube nicht, daß sie notwendig sind. Wir werden ein oder zwei Tage brauchen, bis wir den Besitzer finden. Haben Sie den Revolver an sich genommen?« fragte Gaylor.

Einer der Beamten holte ihn aus seiner Tasche. Es war ein kleiner, sechsschüssiger Colt.

Ein Beamter, der den Toten bewacht hatte, als sie angekommen waren, hatte eine Entdeckung gemacht.

»Im Griff sind Initialen eingekratzt«, berichtete er, »F.S.« Er nahm die Waffe und reichte sie Gaylor.

»F.S.« Der Inspektor runzelte die Stirn. »Das sind ziemlich gebräuchliche Initialen.«

»Frank Seafield, zum Beispiel«, bemerkte Reeder, und Gaylor starrte ihn entgeistert an.

»Warum gerade Seafield? Das ist doch höchst unwahrscheinlich, Reeder.«

Nachdem sie jedoch wieder in London waren und Reeder sich mit Seafields ehemaligem Partner in Verbindung gesetzt hatte, stellte Gaylor fest, daß diese Vermutung gar nicht so abwegig gewesen war. Tommy Anton fuhr zu Scotland Yard und identifizierte die Waffe.

»Die gehört Frank«, sagte er, ohne zu zögern. »Er hat immer einen Revolver bei sich getragen. Ich zog ihn öfters damit auf. Soweit ich weiß, hatte er keinen Anlaß dazu, und ich glaube fast, daß es ein bißchen Angeberei war. Er war etwas theatralisch veranlagt.«

Joan Ralph war nach Bishop's Stortford zurückgekehrt. Sie erreichten sie telefonisch. Auch sie hatte den Revolver gesehen und beschrieb ihn genau.

»Ich weiß, daß Frank ihn besaß. Mein Vater machte sehr sarkastische Bemerkungen deswegen. Frank hatte, wenn er im Land herumfuhr und Gebrauchtwagen kaufte, oft viel Geld bei sich. Er behauptete, er habe mit einigen sehr brutalen Leuten zu tun. Warum fragen Sie?«

Reeder wollte die junge Dame nicht unnötig ängstigen und log rücksichtsvoll.

»Ich verstehe gar nichts mehr«, sagte Gaylor, als Reeder den Hörer aufgelegt hatte. Sie saßen im Zimmer des Inspektors in Scotland Yard, wohin man ihnen aus einem benachbarten Restaurant etwas zu essen gebracht hatte.

»Ich schon. Wahrscheinlich, weil ich besonders optimistisch bin«, erwiderte Reeder, »vielleicht auch, weil ich besonders viel Phantasie habe.«

»Aber nehmen Sie mal an, es ist Selbstmord ...« begann Gaylor und hielt dann inne.

»Sie halten es für völlig normal, daß ein Selbstmörder versucht, alle Spuren zu beseitigen, die zu seiner Identifizierung führen könnten!« sagte Reeder. »Das ist absolut richtig. Aber erklären Sie mir mal, warum sein Anzug so alt und schmutzig und schäbig war und warum er Slipper trug?«

»Stiefel«, unterbrach Gaylor ihn. »Zugstiefel.«

»Slipper«, beharrte Reeder. »Und warum waren sie nicht schmutzig? Und warum war er vorne feucht und auf dem Rücken, auf dem er lag, fast trocken? Es hat in der letzten Nacht ununterbrochen geregnet, und er hätte nicht durch den Wald laufen können, ohne bis auf die Haut naß zu werden.«

Gaylor zupfte an seiner langen Oberlippe und blickte düster auf die Reste seines Essens.

»Tennant hat mir erzählt, daß man heute nachmittag versuchte, Sie mit einer Bombe hochgehen zu lassen. Dahinter steckt selbstverständlich die Pizarro-Bande. Kennedy?«

»Höchstpersönlich«, antwortete Reeder kurz. »Und es würde mich nicht überraschen, wenn noch mehr passiert. Ich habe meiner Haushälterin empfohlen, nach Hause zu ihrer Mutter zu fahren. Ich selbst werde heute nacht in der Stadt bleiben.«

»Wo?« fragte Gaylor neugierig.

»Das ist mein Geheimnis«, erwiderte Reeder ernst.

Zusammen verließen sie den Yard. Gaylor hatte eine Idee.

»Wenn Sie untertauchen wollen, würde ich an Ihrer Stelle nach St. Margaret's Bay fahren. Ich glaube, da sind Sie sicher.«

»Eine ausgezeichnete Idee«, antwortete Reeder. »Eine ganz ausgezeichnete Idee, aber unglücklicherweise ist Dr. Ingham noch in der Stadt.«

Begleitet von einem der beiden Beamten, die zu seiner Bewachung abgestellt worden waren, fuhr er ins Büro. Der zweite Polizist saß in Miss Gillettes Zimmer. Reeder vermutete, er habe geschlafen, denn es dauerte einige Zeit, bevor er die Tür öffnete.

»Es ist ein Telegramm für Sie da«, berichtete er und gab es Reeder. Es war von Dr. Ingham. Ob er, Reeder, so bald wie möglich kommen könne? In »Grayne Hall« hätten sich bemerkenswerte Dinge ereignet.

Das Telegramm war in Dover aufgegeben worden. Reeder antwortete telefonisch. Er würde morgen nachmittag um drei Uhr eintreffen. Dann ging er, seltsamerweise entgegen seiner bekundeten Absicht, nach Hause in die verwaiste Brockley Road und schlief allein in dem stillen Haus. Und was noch seltsamer war, er schlief äußerst gut.

Wäre er nicht nach Hause gefahren, hätte er den Brief verpaßt, der mit der Morgenpost eintraf. Er stammte von Miss Gillette. Sie hatte eine andere Arbeit angenommen. Reeder seufzte erleichtert.

Ich glaube, ich sollte Mr. Tommy Anton helfen, schrieb sie. Reverend Dr. Ingham versprach, ihn beim Start eines neuen Geschäfts zu unterstützen. Dr. Ingham war äußerst nett, und ich werde Ihnen nie genug danken können, daß Sie Tommy mit ihm zusammenbrachten. Er hat Tommy geschrieben, bevor er London gestern verließ, und vorgeschlagen, daß ich bei der Gründung des neuen Geschäfts helfen sollte, und ich nehme an, Sie interessiert sein Postskriptum, das ich aus diesem Grund beifüge.

Der Papierstreifen, der dem Brief beilag, trug Dr. Inghams Handschrift und lautete: P.S. Ich werde mir nie verzeihen, wenn ich Mr. Reeder die Sekretärin geraubt haben sollte. Er ist ein Mann, der meine höchste Wertschätzung genießt.

Reeders Haushälterin kehrte am Morgen zurück, zusammen mit den Angestellten, die nur tagsüber im Haus waren. Unter seiner persönlichen Aufsicht packte sie seinen abgenutzten Koffer. Reeder hatte überraschenderweise eine Schwäche für elegante Abendanzüge. Wie schäbig er auch tagsüber herumlief, sein Smoking stammte vom elegantesten Herrenausstatter. Und in »Grayne Hall« wollte er eine gute Figur machen. Vor dem Mittagessen fuhr er in die Stadt, wo er sich mit Gaylor verabredet hatte, den er in seinem Büro aufsuchte. Er reichte ihm den Stapel Telegramme, die am Vormittag angekommen waren. Gaylor überflog sie.

»Ich bin über diese Fälle informiert«, sagte er. »Neun der siebzehn Engländer, die beim Pizarro-Unternehmen Anteile zeichneten, werden vermißt. Und ich kann Ihnen noch etwas berichten – mit ihnen verschwanden fast achtzigtausend Pfund. Übrigens, ich werde kein weiteres Belastungsmaterial gegen Jake Alsby zusammenstellen. Ich lasse ihn nur noch zu seinem eigenen Schutz festhalten, aber er wird in der nächsten Woche frei sein.«

Gaylor begleitete Reeder noch zum Bahnhof. »Viel Vergnügen«, sagte er zum Abschied. »Und wenn Pizarro Sie mit seiner Bande nach Dover hetzt, schicken Sie mir eine Ansichtskarte.« Wie gesagt – Gaylor besaß eine seltsame Art von Humor.

Während der Fahrt las Reeder. Er hatte die Gewohnheit, beim Lesen die Lippen zu bewegen. Der militärisch wirkende Mann, der ihm gegenüber saß, hatte Reeder noch nie aus der Nähe gesehen und amüsierte sich insgeheim. Einmal versuchte er, eine Unterhaltung zu beginnen, doch der leutselige Vorstoß endete in Schweigen.

In Dover stieg Reeder aus. Sein Reisebegleiter folgte ihm. Drei Männer traten zu ihm. Mit einer Kopfbewegung deutete er auf Reeder, der gerade durch die Sperre ging.

»Das ist unser Mann«, sagte er. »Wir müssen in seiner Nähe bleiben.«

Der Wagen, der auf Reeder wartete, hatte kaum den Bahnhofsplatz verlassen, als die vier Männer in eine geschlossene Limousine stiegen und ihm folgten.

Die Fahrt von Dover nach St. Margaret's Bay war nicht besonders angenehm. Schwere Regenböen trieben über das hügelige Küstenland. Als der Wagen die Straße an den Klippen entlangfuhr, sah Reeder unter sich die Schaumkronen auf dem gelbgrünen Wasser und draußen auf dem Meer einen kleinen Frachtdampfer, über dessen Bug die Brecher beängstigend zusammenschlugen.

»Grayne Hall« lag nicht im Wohngebiet von St. Margaret's Bay, sondern abseits in einer kleinen Bodensenke unmittelbar am Rand der Klippen. Ein rotes Backsteinhaus mit gedrungenen Kaminen, die nicht zum neuelisabethanischen Stil des Gebäudes paßten.

Der Wagen fuhr durch ein kunstvolles schmiedeeisernes Tor und eine breite Auffahrt hinauf zum Eingangsportal. Dr. Ingham wartete in Begleitung einer großen, schlanken Frau, die sehr jung wirkte, allerdings nur von weitem. Aber selbst aus der Nähe konnte sich auch ein sehr kritischer Beobachter noch täuschen, denn ihr braunes Haar hatte einen goldenen Schimmer, und ihr Gesicht zeigte noch Züge ihrer einstigen Schönheit.

»Herzlich willkommen!« Dr. Ingham trug eine Augenklappe und noch immer das Pflaster. Aber er war in sehr aufgeräumter Stimmung. Vielleicht fühlte er sich beim Anblick seines Gastes erleichtert, denn wie er später eingestand, hatte er mit einem Telegramm von Reeder gerechnet, daß er bedauerlicherweise nicht in der Lage sei zu kommen.

»Ich bitte Sie, mein lieber Reeder, meine Frau davon zu überzeugen, daß dies nicht das verlassenste Fleckchen auf Erden ist. Und wenn Sie auch noch ihre Angst zerstreuen könnten, daß sich der Überfall auf mich wiederholen wird, so wäre ich Ihnen zutiefst dankbar.«

Mrs. Inghams rote Lippen kräuselten sich, wenn sie lächelte. Sie war, wie Reeder feststellte, eine sehr belesene, kluge Frau. Sie zeigte ihm das Anwesen und gab ihm dabei ausreichend Gelegenheit, sie zu beobachten. Er selbst sagte kaum etwas. Sie sprach leise und gleichförmig und hatte zu fast jedem Thema eine klare Meinung. Sie erzählte ihm, daß sie an einer berühmten amerikanischen Universität in Neuengland studiert habe, worauf sie offenbar sehr stolz war, denn sie erwähnte das zweimal. Sie war hübsch, wahrscheinlich Ende Dreißig. Die Augen, ihr fesselndstes Merkmal, waren dunkelbraun, und die tiefschwarzen Augenbrauen bildeten einen reizvollen Gegensatz zur Farbe ihres Haars.

»...ich erinnere mich noch an den Fall Pizarro. Ich hatte gerade das College abgeschlossen und war natürlich wie elektrisiert, denn Pizarro stammte aus meiner Heimatstadt. Und ich bin sicher, Mr. Reeder, daß das Verschwinden all dieser Personen etwas mit Pizarro zu tun hat. Ich habe mir schon das Gehirn zermartert, um herauszufinden, wie mein Mann sie herausgefordert haben könnte. Vielleicht hat er in einer Predigt etwas gegen sie gesagt. Ich meine mich zu erinnern, daß er einmal einen Drohbrief erhielt, in Boston, kurz nach unserer Heirat. Mein Mann macht sich zwar wegen eines Drohbriefs keine Sorgen ...«

Auf dem Anwesen gab es viel zu sehen. Hier und da erinnerten noch die Überreste einer Mauer an den vergangenen Ruhm von »Grayne Castle«. Äußerst interessant fand Reeder seine Entdeckung, daß an den Klippen eine kleine Treppe nach unten führte. Sie war durch ein eisernes Geländer gesichert und ermöglichte den Bewohnern von »Grayne Hall« den privaten Zugang zum Strand.

»Wenn jemand auf Kieselsteinen baden mag«, erläuterte Mrs. Ingham.

Das Reeder zugewiesene Zimmer bot einen herrlichen Blick auf das Meer und den Blumengarten vor dem Haus. Es war mit selten erlesenem Geschmack eingerichtet, Mrs. Inghams Hand war im ganzen Haus unverkennbar. Ein angenehmer Aufenthaltsort, aber in vieler Hinsicht auch ein gefährlicher. Nach dem Tee ging er hinauf in sein Zimmer und stellte fest, daß der Diener seiner Gastgeber seine Kleidungsstücke bereits auf dem Bett für ihn ausgebreitet hatte. Später kam er noch einmal, um Reeder zu helfen. Vom Schlafzimmer führte eine Tür direkt in das Bad. Reeder stand gerade unter der Dusche, als der Diener klopfte. Er kam heraus und sah, wie der Mann die getragenen Sachen ordentlich im Schrank verstaute.

Der Inhalt seiner Taschen lag sauber aufgereiht auf dem Toilettentisch.

»Vielen Dank«, murmelte Reeder. »Ich – hm – brauche Sie wohl jetzt nicht mehr. Wenn, dann läute ich.«

Er schloß die Tür hinter dem Diener, drehte den Schlüssel im Schloß und zog sich in aller Ruhe an. Als er nach unten in den Salon ging, war er zunächst allein. Ein angenehm duftendes Zedernholzscheit brannte im offenen Kamin, über dem ein Bild hing, das ein Rembrandt hätte sein können.

Die weich fallenden Vorhänge, die schlichten Möbel und die pastellfarbene Tapete wirkten sehr beruhigend. Dr. Ingham trat im Abendanzug des Laienstandes in das Zimmer und stellte sich die Hände reibend vor das Feuer.

»Ich nehme an, Elsa hat Ihnen die Vorzüge ihrer Theorie erläutert. Vielleicht ist etwas daran. Ich habe auch versucht dahinterzukommen, wie ich diese Burschen gegen mich aufgebracht haben könnte. Vielleicht doch bei einem Gottesdienst. Ich war einmal ein wortgewaltiger Prediger und habe Tagesereignisse in meine Texte mit einbezogen. Kommen Sie in mein Arbeitszimmer. Wir nehmen einen Drink. Bei Elsa dauert es noch eine Weile.«

Er führte Reeder durch die holzgetäfelte Halle und eine Nischentür in einen Raum, den man sich gemütlicher kaum hätte wünschen können.

Tiefe Ohrensessel, vor dem Kamin ein niedriges Sofa, die Wände voller Bücherregale und ein großer Empire-Schreibtisch waren die bestimmenden Merkmale des Zimmers.

»Behagen, Behagen!« sagte der Geistliche, als er ein Walnußschränkchen öffnete und ein Silbertablett mit Gläsern herausholte, zu denen er noch eine Karaffe und einen Siphon stellte.

»Sagen Sie, wenn es reicht.«

Er gab einen Schuß Soda in den braunen Whisky, Reeder nickte und nippte genießerisch.

»Elsa möchte, daß ich Schußwaffen im Haus habe. Sie als Detektiv werden wahrscheinlich nichts dabei finden. Für mich ist es ein entsetzlicher Gedanke. Ich bin vielleicht kein großer Prediger, aber doch, so hoffe ich, ein guter Christ, und die Vorstellung, ein Leben auszulöschen – nein!«

Reeder bemühte sich aus Höflichkeit, ebenfalls einen Schauder zu empfinden, was ihm jedoch mißlang. Er für seinen Teil glaubte an das Auslöschen von Leben. Er war so altmodisch, den Galgen als ein Werkzeug der höchsten gesellschaftlichen Wertvorstellung zu betrachten.

»Ich nehme an, Sie tragen eine Waffe?«

Reeder schüttelte den Kopf. »Nur bei Gelegenheiten, wo es mir zwingend notwendig erscheint«, erklärte er. »Ich schätze diese Gewohnheit nicht. Ich besitze – hm – zwei Waffen, aber ich mußte sie noch nie benutzen. Eine befindet sich in meinem Büro und eine in meiner Privatwohnung.«

Dr. Ingham machte ein betrübtes Gesicht. »Sie enttäuschen mich, Mr. Reeder. Ich bin nicht ängstlich, aber in Anbetracht dessen, was in der letzten Nacht passierte«, er betastete sein verletztes Gesicht, »hätte ich mich ein bißchen sicherer gefühlt. Hallo, Liebste.«

Seine Frau trug ein elegantes Kleid aus tiefrotem Samt. Reeder kam sie wie vierundzwanzig vor, keinen Tag älter.

»Worüber habt ihr gesprochen?« fragte sie.

»Wir sprachen über Schußwaffen«, antwortete Reeder mit Nachdruck.

Sie lächelte. »Und mein Mann hat seine bekannte Ansicht über die Unantastbarkeit des menschlichen Lebens geäußert«, sagte sie spöttisch.

Reeder lächelte. »Eigentlich habe ich mehr meinen Standpunkt dargelegt, Madam«, erklärte er.

»Meine Liebe«, schaltete sich der Gastgeber ein, »wir sind nur darauf gekommen, weil ich Mr. Reeder fragte, ob er eine Waffe trägt. Er trägt keine.«

»Ich nehme an, der arme Thomas war furchtbar enttäuscht«, sagte Mrs. Ingham. »Als er Ihren Koffer auspackte, hat er sicher damit gerechnet, daß er mit Pistolen und Handschellen vollgestopft ist.«

Sie führte sie zurück in den Salon, aber entweder hielt sie das Thema für unangebracht, oder sie wollte die Unterhaltung darüber bis nach dem Essen aufschieben, denn sie erwähnte das Erlebnis ihres Mannes mit keinem Wort.

Reeder war es, der dieses Thema anschnitt. Sie kamen auf dem Weg zum Eßzimmer gerade durch die Halle. »Welche Axt haben Sie denn genommen?« erkundigte er sich.

An den holzgetäfelten Wänden war nirgendwo eine Waffe oder Streitaxt zu sehen.

»Wir haben sie abnehmen lassen«, erklärte Mrs. Ingham. »Mir kam hinterher der Gedanke, daß ja auch diese entsetzlichen Menschen die Streitaxt hätten gebrauchen können, und nicht mein Mann.«

Sie waren bei der breiten Treppe angelangt, auf der Dr. Ingham mit seinen mitternächtlichen Eindringlingen gerungen hatte, und Reeder versuchte, sich die Szene vorzustellen. Aber es gab Augenblicke, wo seine Phantasie versagte, und dies war ein solcher Moment.

Das Eßzimmer war wie ein elisabethanischer Bankettsaal ausgestattet. Es gab einen großen Kamin im Tudorstil, eine Spielmannsempore und erstaunlicherweise einen Boden aus großen Steinplatten.

»Das ist der Originalboden der alten Burg«, erklärte Mrs. Ingham stolz. »Die Bauarbeiter sind auf ihn gestoßen, als sie das Fundament machten, und mein Mann hat darauf bestanden, daß er bleibt. Selbstverständlich haben wir ihn ausgeglichen, und einige Steinplatten mußten erneuert werden, aber alles in allem war der Boden hervorragend erhalten. Die Burg gehörte der Familie de Boisy ...«

Reeder nickte. »De Tonsin«, warf er freundlich ein. »Die de Boisys waren angeheiratet, und nur ein de Boisy bewohnte die Burg einmal, 1453.«

Sie war durch seine Kenntnisse etwas verunsichert.

»Ich habe mich ein wenig mit diesem Ort befaßt«, fuhr Reeder fort. »Ich bin eine Art Archäologiestudent.« Er ließ seinen Blick umherschweifen. »Schmutzige Arbeit!« sagte er.

Mrs. Ingham hob die Augenbrauen. »Wie meinen Sie das?« fragte sie.

»Auf diesem Boden«, sagte Reeder beinahe vergnügt, »haben verrückte alte Adlige ihren Feinden die Köpfe abgeschlagen und sie in den tiefsten Graben ...« Nein, von einem Burggraben hatte er noch nie etwas gehört. Also konnten sie sie auch nicht hineingeworfen haben.

Als der Diener ihm eine Tasse Suppe hinstellte und der große Butler Wein eingoß, betrachtete Reeder sein Glas und hielt es gegen das Licht.

»Ich kann mir die dramatische Szene richtig vorstellen«, sinnierte er, »als Geoffrey de Boisy seinen alten Rivalen dazu überredete, zum Essen zu kommen. Wie muß er gelächelt haben, als seine Diener dem unglücklichen Edelmann mit vergiftetem Wein ein Ende bereiteten.«

Er stellte das Glas ab, ohne getrunken zu haben.

Mrs. Ingham war belustigt. »Sie haben eine mittelalterliche Phantasie, Mr. Reeder.«

»Eine kriminalistische Phantasie«, widersprach er.

Er trank während des ganzen Essens keinen Schluck, und Dr. Ingham fiel ein, daß er auch an dem Whisky im Arbeitszimmer nur genippt hatte.

»Ja, in gewisser Weise bin ich Abstinenzler«, erklärte Reeder, »ich finde das Leben so aufregend, daß ich keine Aufputschmittel brauche.«

Er hatte beobachtet, daß der Diener auch bei Tisch bediente. Er wartete, bis die beiden Bediensteten sich am anderen Ende des Raumes befanden, und fragte dann: »Der junge Mann sieht etwas mitgenommen aus. Ist er ebenfalls bei dem Kampf verletzt worden?«

»Thomas? Nein, er kam erst dazu, als alles vorbei war«, antwortete Dr. Ingham erstaunt. »Wieso?«

»Ich meinte, einen Verband an seinem Hals gesehen zu haben.«

»Das ist mir gar nicht aufgefallen«, sagte sein Gastgeber.

Die Unterhaltung erlahmte. Der Kaffee wurde aufgetragen, und Reeder nahm reichlich Zucker. Eine Zigarre lehnte er ab, entschuldigte sich für sein schlechtes Benehmen und nahm eine seiner eigenen Zigaretten.

»Feuer, Thomas«, bat Dr. Ingham, aber bevor der Diener die Aufforderung befolgen konnte, hatte Reeder schon eine Schachtel aus der Tasche gezogen und strich ein Zündholz an.

Es war kein normales Streichholz. Es leuchtete gleißend weiß auf, so daß er sich abwenden mußte, um nicht geblendet zu werden. Aber nur einen Augenblick, dann war es abgebrannt, und die Anwesenden blinzelten sich an.

»Was war das?« fragte Ingham.

Reeder starrte hilflos auf die Streichholzschachtel. »Irgend jemand hat mir einen Streich gespielt«, erklärte er. »Ich bitte vielmals um Entschuldigung.«

Es waren ganz gewöhnliche Streichhölzer. Er reichte die Schachtel seinem Gastgeber, der ein Streichholz anzündete, aber nicht mehr als eine sanfte gelbe Flamme zustande brachte.

»Ich habe noch nie etwas so Außergewöhnliches gesehen«, staunte seine hübsche Frau, die links von ihm saß. »Es war fast wie ein Magnesiumlicht. Wir sehen sie manchmal, wenn Schiffe in Not sind.«

Der Zwischenfall mit dem Streichholz war bald vergessen. Dr. Ingham war es, der das Gespräch auf Pizarro brachte, und Mrs. Ingham erläuterte ihre Theorie. Reeder hörte anscheinend aufmerksam zu.

»Ich glaube nicht, daß er ein wirklich schlechter Mensch war«, meinte Mrs. Ingham, doch Reeder fiel ihr ins Wort.

»Pizarro war ein Lump«, erklärte er. »Er benahm sich wie ein südländischer Einwanderer.«

Falls er gesehen hatte, wie Mrs. Ingham erstarrte, ließ er sich nichts anmerken.

»Kennedy, sein Kompagnon«, fuhr er fort, »war, wie ich schon heute nachmittag erwähnte, ein bemitleidenswerter Mann. Seine Mutter war ohne Moral. Abschaum, nicht mehr als eine Sklavin.«

Dr. Ingham war weiß geworden. Er hatte sich gestrafft. Seine Augen funkelten wie glühende Kohlen, aber Reeder erzählte weiter, als fände er die volle Zustimmung der Anwesenden.

»Kennedy war der eigentliche Kopf der Bande, wenn man das Kopf nennen kann, halbgebildet wie er war. Er heiratete Pizarros Tochter, die nicht besonders hübsch war. Sie hatte – glaube ich – vier Geliebte, bevor er sie heiratete, wenn sie überhaupt verheiratet waren ...«

»Nehmen Sie das zurück, Sie dreckiger Lügner!« Mrs. Ingham war aufgesprungen und blickte ihn haßerfüllt an. Ihr schriller Ton glich fast einem Kreischen. »Sie Lügner, Sie Schwein!«

»Sei still!«

Es war Dr. Inghams Stimme, barsch, befehlend. Aber die Zurechtweisung kam zu spät. Reeder hatte seine Hand aus der Tasche gezogen, in der plötzlich eine großkalibrige Automatik lag. Er sprang so schnell auf die Füße, daß sie völlig überrumpelt waren.

Reeder schob den Stuhl nach hinten und lehnte sich gegen die Wand. Thomas, der Diener, war hereingekommen, blieb aber beim Anblick der Pistole stehen. »Ich fürchte, ich habe Ihnen Donnerstag abend weh getan«, sagte Reeder zu ihm. »Eine Kugel aus einer Luftpistole kann sehr schmerzhaft sein. Ich möchte mich entschuldigen – sie sollte für Ihren Freund sein.«

Er machte eine Kopfbewegung in Richtung auf den Butler.

»Es war sehr dumm von Ihnen, Dr. Ingham, Ihre beiden Leute nach London kommen zu lassen, was sehr unerfreuliche Folgen hatte. Ich habe den Toten heute gesehen. Einen ziemlich kräftig wirkenden Mann namens Gelpin. Die Knöchel seiner Hand waren aufgeschlagen. Ich nehme an, Sie sind ihm in einem unbewachten Augenblick ohne Ihre Leibwächter zu nahe gekommen.«

Er faßte nach einem der hohen Fenster und zog mit einer schnellen Bewegung den Vorhang zur Seite. Das Fenster stand offen. Der militärisch aussehende Mann, der ihn von London herbegleitet hatte, kletterte herein. Dann kamen die anderen drei, die Reeder zum Haus gefolgt waren. Dr. Ingham stand wie gelähmt da.

Plötzlich wandte er sich um und schnellte auf die kleine Tür in der Ecke des Zimmers zu. Reeders Pistole krachte, das Holz der Tür zersplitterte. Ingham blieb wie angewurzelt stehen, nur noch ein Mitleid erregendes, erschrecktes Häuflein Elend. Stockend kam er zurück.

»Es war nicht meine Idee, Reeder«, sagte er. »Ich werde Ihnen alles erzählen. Ich kann beweisen, daß ich nichts damit zu tun hatte. Sie sind alle gesund und munter, alle.«

Er stolperte fast über die eigenen Füße, als er den schweren Teppich zurückschlug. Reeder bemerkte eine große Steinplatte, in die ein massiver Eisenring eingelassen war.

»Sie leben alle noch ... alle. Ich habe Gelpin in Notwehr erschossen. Er hätte mich umgebracht, wenn ich ihn nicht erschossen hätte.«

»Und Litnoff?« fragte Reeder, beinahe gutmütig.

Dr. Ingham schwieg.

6

In sein Fallbuch schrieb Reeder:

Dr. Ingham heißt in Wirklichkeit Casius Kennedy und ist Engländer. Mit 17 Jahren wurde er verurteilt, weil er sich unter Vorspiegelung falscher Tatsachen Geld beschafft hatte. Danach schwor er dem Verbrechen ab und besuchte religiöse Veranstaltungen. Er wurde als Jugendprediger bekannt. Man überführte ihn erneut, sich durch einen Trick Geld verschafft zu haben. Er bekam eine neunmonatige Haftstrafe und wanderte nach seiner Entlassung nach Amerika aus, wo er sich Pizarro anschloß und bei den meisten seiner Betrügereien mitmachte.

Pizarro war er sehr nützlich, denn er gewann durch seine Predigten das Vertrauen der Opfer. Entweder hatte er den Titel eines Doktors der Theologie erworben oder ihn sich zugelegt.

Nach dem größten Pizarro-Coup setzte er sich nach Kalifornien ab und kam auf unbekannte Art zu erheblichem Reichtum, den er aber nach seiner Rückkehr nach England durch Spekulationen größtenteils wieder verlor.

In seiner Aussage legte er besonderen Wert auf einen Punkt: Er hatte »Grayne Hall« auf den Resten der alten Burg erbauen lassen, wobei man auf die geräumigen Verliese gestoßen war, hatte aber nicht beabsichtigt, sie für unsaubere Zwecke zu benützen. Das geschah erst, als er durch seine großen Verluste gezwungen wurde, sich zu überlegen, wie er seine Finanzen wieder aufbessern könnte.

Vor fünf Jahren lernte er einen russischen Schauspieler namens Litnoff kennen, einen Trinker, der wegen seiner Schulden ins Gefängnis kommen sollte und Angst hatte, unter Umständen in sein Heimatland ausgewiesen zu werden, wo er wegen einiger politischer Vergehen gesucht wurde.

Mit Einwilligung und Hilfe Litnoffs entwickelten Kennedy und seine Frau einen Plan, um das große Geld zu machen. Litnoff nahm sich eine kleine Wohnung in einem Londoner Mietshaus, die billig eingerichtet war. Hier wurden die Betrügereien ausgeführt. Sehr vorsichtig und geschickt nahm Kennedy Kontakt zu seinen späteren Opfern auf. Selbstverständlich wählte er nur leichtgläubige Typen aus, die dann Anteile des Pizarro-Syndikats zeichneten. Nach und nach machte der »Doktor« sich mit ihnen vertraut, studierte ihre Gewohnheiten, ihre Art zu leben, stellte fest, in welchen Hotels sie abstiegen, wann sie in London waren, welche Hobbys und welche Schwächen sie hatten. In einigen Fällen dauerte es drei Monate, das Vertrauen der Opfer zu gewinnen, und dann erwähnte Kennedy beiläufig die Geschichte vom sterbenden Russen, der aus Petrograd geflohen sei und einen Koffer voll Schmuck besitze, der aus den geplünderten Adelspalästen stamme.

Mr. Ralphs Aussage kann als stellvertretend für die aller anderen gelten:

Ich lernte Dr. Ingham oder Kennedy nach einem kurzen Briefwechsel persönlich kennen. Er war sehr liebenswürdig und finanziell offensichtlich gut gestellt. Er wohnte im besten Londoner Hotel, und ich aß zweimal mit ihm – bei einer Gelegenheit mit seiner außerordentlich charmanten Frau.

Er erzählte mir, daß er sich in der Sozialarbeit engagiert und auch einen todkranken Russen betreut habe, der mit einem äußerst ungewöhnlichen Ansinnen an ihn herangetreten sei, nämlich einen kleinen Schweizer Bauernhof zu kaufen, auf dem er Schmuck im Wert von einer halben Million Pfund vergraben habe. Die Geschichte klinge zwar ziemlich weithergeholt, könne aber bestätigt werden. Der Bruder wohne auf dem Bauernhof. Die beiden Männer seien gejagt und beschattet worden, bis ihr Leben unerträglich geworden sei.

»An der Geschichte muß etwas dran sein«, hatte der Geistliche erklärt. »Dieser Litnoff besitzt ein Schmuckstück, das mindestens tausend Pfund wert ist. Er bewahrt es unter seinem Kopfkissen auf.«

Die Sache interessierte mich. Sie sprach meinen Sinn für Romantik an, und als Dr. Ingham fragte, ob ich den Mann kennenlernen wolle, war ich einverstanden, mußte aber versprechen, keinem Menschen etwas von diesem russischen Geheimnis zu erzählen.

Dr. Ingham holte mich um Mitternacht ab. Wir fuhren zu einem Haus in Bloomsbury, und ich wurde in eine sehr ärmlich eingerichtete Wohnung geführt. In einem der Zimmer befand sich ein sehr krank aussehender Mann, der nur gebrochen Englisch sprach. Er erzählte mir von den Verfolgungen, denen er und sein Bruder ausgesetzt seien. Er habe Angst um sein Leben, sagte er, und wage nicht, den Schmuck anzubieten, weil er fürchte, daß die Agenten der russischen Regierung ihm auf die Spur kämen. Sein Plan schien mir ohne Risiko für mich selbst zu sein. Danach sollte ich nach Montreux reisen, mich mit seinem Bruder treffen, mir den Schmuck ansehen und den Bauernhof kaufen, wobei der Kaufpreis den Inhalt der Kiste mit einschließen sollte. Falls ich nicht zufrieden sei oder glaubte, daß es irgendwelche Schwierigkeiten gäbe, brauchte ich nichts zu bezahlen. Erst wenn ich sicher sei, daß das Geschäft sauber sei.

Er zeigte mir eine Diamantbrosche und bat mich, sie mitzunehmen und schätzen zu lassen.

Diese Unterhaltung dauerte sehr lange. Er sprach nur mit großer Mühe, und wir mußten manchmal zehn Minuten warten, bis er sich erholt hatte. Ich nahm die Brosche mit, ließ sie schätzen und gab sie Dr. Ingham sofort zurück.

Sein Vorschlag war es, daß es für mich am sichersten sei, überhaupt kein Geld mitzunehmen, sondern nur einen Kreditbrief. Er war sehr besorgt, wie er sagte, daß ich kein Risiko eingehe.

Die angebliche Echtheit des Plans und die Tatsache, daß jedes Risiko offensichtlich ausgeschlossen war, beeindruckten mich sehr. Er bat mich, den Wunsch des Russen zu beherzigen und niemandem etwas über meine Absichten oder Pläne zu erzählen. Ich besorgte den Kreditbrief, und wir vereinbarten, daß ich mit dem Wagen zu Dr. Inghams Haus fahren, die Nacht dort verbringen und am Mittag des nächsten Tages mit dem Schiff nach Calais und weiter in die Schweiz reisen sollte.

Ich kam gegen sechs Uhr abends in »Grayne Hall« an und war sehr beeindruckt von dem luxuriösen Haus. Ich hatte nicht den geringsten Verdacht, daß irgend etwas nicht in Ordnung sei.

Um halb sieben aß ich mit Dr. Ingham und seiner Frau zu Abend. Ich trank erst etwas, als der Portwein gereicht wurde, und kann mich von da an an nichts mehr erinnern. Als ich aufwachte, lag ich in einem kleinen, steinernen Raum. In einer Nische stand eine Kerze. Daneben lagen ein halbes Dutzend weitere Kerzen und eine Schachtel Streichhölzer. Es war das einzige Licht, das ich bis zu meiner Rettung sah. Es gab ein Eisenbett, auf dem Boden einen Teppichrest und einen Waschzuber, sonst nichts. Zweimal in vierundzwanzig Stunden kamen Thomas und Leonard, die ich in ihrer Dienerlivree gesehen hatte, und holten mich heraus, damit ich mich etwas auf einem langen Gang bewegen konnte, der an der Längsseite des Hauses lag. Andere Gefangene sah ich nicht, aber ich wußte, daß es sie gab, weil ich einmal einen hatte schreien hören. Den Kreditbrief hatte man mir abgenommen. Kennedy sah ich nur einmal, als er herunterkam und mich aufforderte, auf dem Briefbogen eines ausländischen Hotels eine Nachricht zu schreiben. Sie war für meine Tochter bestimmt und hatte zum Inhalt, daß es mir gut gehe und sie sich keine Sorgen um mich zu machen brauche.

Damit ist Ralphs Bericht zu Ende.

Es lag auf der Hand, daß der Erfolg des Plans von Litnoffs Verschwiegenheit abhing. Der Mann trank zwar, aber solange er nicht plauderte, woher sein Geld stammte, bestand für die Bande keine Gefahr. Erst als er anfing, über die

Diamantbrosche zu reden, beschlossen die Verbrecher, ihn zum Schweigen zu bringen. Sie wußten, daß das Spiel zu Ende war, und trafen Vorbereitungen, sich abzusetzen. Aber bis zuletzt hofften sie, das doch noch umgehen zu können. Bei meinen Nachforschungen erfuhr ich, daß sie eine Woche vor ihrer Festnahme vorsorglich eine Yacht gechartert hatten. Sie lag im Hafen von Dover, und falls ihr Plan funktioniert hätte, wären sie einige Tage nach meiner Ankunft in »Grayne Hall« abgefahren.

Eine weitere Komplikation trat ein, als Dr. Ingham am Tage von Gelpins Tod den Gefangenen selbst das Essen brachte. Die beiden Diener waren in London. Sie hatten den Auftrag zu verhindern, daß Edelsheim mich aufsuchte. Es ist möglich, daß Kennedy-Ingham seine Körperkräfte überschätzte oder sich zu sehr auf den Revolver verließ, den er bei sich hatte und den er einem anderen Gefangenen abgenommen hatte – Frank Seafield.

Ingham behauptet, Gelpin, ein sehr kräftiger Mann, habe ihn grundlos angegriffen, aber was sich wirklich abspielte, wird man wohl nie erfahren. Auf jeden Fall wurde er auf dem Gang getötet, denn die anderen Gefangenen hörten den Schuß.

Die beiden Diener kehrten in den frühen Morgenstunden zurück, und die Leiche wurde sofort nach London transportiert und im Wald von Epping versteckt.

Ich kann nicht genau angeben, wann mein Verdacht gegenüber Dr. Ingham erwachte. Ich glaube fast, es war anläßlich seines ersten Besuchs bei mir. Sein offensichtliches Bemühen, vor Joan Ralph anzukommen, Alsbys Aussage, mein Gespräch mit dem Apotheker und Edelsheims Geschichte deuteten alle auf einen Schluß hin: hier wurde ein großangelegter Schwindel abgezogen. Und nachdem ich mir die genaue Karte der Gegend angesehen hatte, in welcher »Grayne Hall« liegt, und einige Nachforschungen über die alte Burg angestellt hatte, wurde die Möglichkeit, daß es sich hier um Entführung im großen Stil handelte, zur Gewißheit.

Ich mußte mir Klarheit verschaffen, ob Dr. Ingham Kennedy war, und war bei seinem letzten Besuch in meinem Büro zu meinem Bedauern gezwungen, seine Mutter zu verleumden. Obwohl er außer sich vor Wut war, beherrschte er sich, aber er verriet sich soweit, daß ich meinen Verdacht bestätigt sah.

Zum selben Trick griff ich noch einmal in »Grayne Hall«, allerdings erst, nachdem ich ein Magnesiumstreichholz angezündet hatte, ein verabredetes Zeichen zwischen mir und der Polizei, die, wie ich wußte, vor dem Haus wartete und nun vorrückte.

Darunter notierte Reeder:

Casius Kennedy, vor dem Obersten Strafgericht des Mordes für schuldig befunden. Hingerichtet im Gefängnis von Pentonville. (Scharfrichter: Elford.)

Elsa Kennedy, vor dem Obersten Strafgericht für schuldig befunden. Lebenslänglich.

Thomas J. Pentafard, vor dem Obersten Strafgericht für schuldig befunden. Wegen gemeinschaftlich begangener Verbrechen und Beihilfe zum Mord. Lebenslänglich.

Leonard Polenski, vor dem Obersten Strafgericht für schuldig befunden. Wegen gemeinschaftlich begangener Verbrechen und Beihilfe zum Mord. Lebenslänglich.

Der Fall Joe Attymar

1

In der Abenddämmerung ließ der Ruderer sein Boot unter den Rumpf des Ostseedampfers gleiten und stützte sich ausruhend auf seine Riemen, während das kleine Schiff sich sanft mit der Strömung hob und senkte. Ein schmuddeliger Schiffsoffizier steckte den Kopf zu einem offenstehenden Bullauge hinaus und spuckte gedankenvoll ins Wasser. Allem Anschein nach bemerkte er den Bootsmann mit dem wettergegerbten Gesicht und dem grauen Bartbuschen ebensowenig, wie dieser sein Erscheinen registriert hatte. Kurz darauf zog der unrasierte Zeitgenosse mit der verblaßten Goldlitze am Ärmel der abgetragenen Uniformjacke Kopf und Schulter wieder aus der Öffnung zurück und wurde nicht mehr gesehen.

Sekunden später schob jemand eine quadratische Holzkiste durch das Bullauge. Sie fiel klatschend ins Wasser. Einen Augenblick war noch eine spitze Ecke zu sehen, dann versank auch sie langsam in den gelben Fluten. Eine kleine schwarze Boje schnellte, von dem Mann im Boot aufmerksam beobachtet, an die Oberfläche. An der Boje hing ein schwarzes Tau, das an der Kiste festgemacht war. Er wartete, langsam die Ruder bewegend, bis das Gewicht der Kiste die Boje schon fast unter Wasser gezogen hatte, dann verhakte er mit einer Drehung des Handgelenks ein Ruder im Tau, was durchaus wörtlich zu nehmen war, denn am Ende des kurzen Ruderblattes befand sich ein kleiner stählerner Haken.

Das Boot nach vorn bugsierend, griff der Ruderer nach der Boje und zog sie ins Achterteil, machte das Tau an einem hölzernen Pflock fest und ließ sich, die Riemen einziehend, von der Tide unter dem Heck des Dampfers hinwegtreiben. In der Strommitte ankerte ein schmutziger Lastkahn, den er jetzt ansteuerte. Ein vierschrötiger junger Mann kam vom Achterdeck und zog mit einem Bootshaken das Ruderboot längsseits. Der dunkelhäutige Ruderer hielt sich an der Schiffswand fest, während der Bootshaken das straff gespannte Tau heranholte. Der junge Bursche machte das triefende Seil an einem kurzen Tauende fest. Inzwischen stand der Mann aus dem Boot schon an Deck.

»Ist die Luft rein, Ligsey?« fragte er barsch.

»Alles okay, Käpt'n.«

Der Kapitän ging ohne ein weiteres Wort in Richtung Ruderhaus, verschwand im Niedergang und zog die Luke hinter sich zu. Er blieb unten, bis die Themsemündung nur noch eine leere schwarze Fläche war, von der sich hier und da Schiffslichter wie matte Lichtflecke abhoben.

Ligsey ging nach vorn, wo sein jugendlicher Untergebener auf einem umgestülpten Eimer saß und leise Mundharmonika spielte. Der Junge unterbrach seine musikalische Feierstunde nur, um festzustellen, daß die Tide am Umschlagen war.

»Geht's heute abend flußaufwärts?« fragte er.

Ligsey nickte. Er hatte schon das Tuckern des Motors im Heck gehört, den der Skipper angeworfen hatte.

»Wozu liegen wir eigentlich noch hier?« fragte der Junge neugierig. »Einmal haben wir die Flut schon versäumt, wir hätten inzwischen schon in Greenwich sein können. Warum hat Käpt'n Attymar nicht –«

»Kümmere du dich um deine eigenen Angelegenheiten«, knurrte der Maat. Der Skipper rief nach ihm, und er ging nach achtern.

»Wir holen jetzt die Kiste ein und verstauen sie«, sagte der Käpt'n leise. »Ich hab in der Ladung Platz gelassen.«

Mit vereinten Kräften und mit der gebotenen Vorsicht zogen sie an dem Seil, bis die wassertriefende Kiste auftauchte. Ligsey beugte sich vor und packte sie mit einem Werkzeug, das einer überdimensionalen Eiszange nicht unähnlich war. Die tropfende Last wurde auf das schmale Deck gehievt und rasch in den Laderaum geschafft.

Die »Allanuna« brachte regelmäßig Ziegelsteine von einer kleinen Ziegelei an der Essex-Küste zu Tennys Werft. Auf der Themse war sie ihrer Unberechenbarkeit und ihrer gefährlichen Manöver wegen berüchtigt. Der Schiffsmotor lärmte und dröhnte, daß es eine Schande war. Selbst flinke Schlepper machten einen großen Bogen um ihren schlingernden Bug.

Der Junge wurde nach achtern, zur Maschine, beordert, und Ligsey nahm das Ruder. Die Uhr an jenem Frühlingsmorgen stand auf fünf, als die »Allanuna« Tennys Werft in Rotherhithe erreichte.

Selbst der anspruchsloseste Lastschiffer konnte an dieser Kaianlage kaum viel Positives entdecken. Sie bestand aus einem Hof, in dem gerade zwei Lastwagen nebeneinander Platz hatten, wenn man sie rückwärts hineinfuhr (obwohl auch dazu einiges Rangieren erforderlich war), und dem baufälligen kleinen Haus, in dem Joe Attymar wohnte.

Durch das verwitterte Tor, das sich von Zeit zu Zeit öffnete, um die Fahrzeuge einzulassen, gelangte man in die Shadwick Lane. Die Straße hatte den malerischen Anstrich verloren, den sie in den guten alten Slum-Tagen besaß, als hier noch Holzhäuser standen und in jedem Gärtchen ein Wasserfaß. Heute besteht die Straße aus vier durchgehenden Längsmauern, je zwei auf jeder Straßenseite. Diese werden gekrönt von einem Gebilde aus Schiefer, das aussieht wie ein umgekehrtes V und Dach genannt wird und auf dem sich in engen Abständen quadratische Backsteintürmchen mit vier roten Schornsteinklappen erheben. Sie bezeichnen ungefähr die Stellen, an denen durch Seitenwände eine Querteilung entstanden ist. Jeder Verschlag nennt sich Haus, und die Bewohner zahlen Miete dafür, sofern sie es sich leisten können. Zur Straße hin hat jeder Verschlag drei Fenster und eine Tür.

Kapitän Joe Attymars Haus stand genau genommen gar nicht in der Shadwick Lane – die sich auch nur mäßig für den Flußschiffer interessierte –, denn Wohnhaus und Werft ließen sich auch über die Shadwick Passage erreichen, ein krummes Gäßchen, das sich an unzähligen Hinterhöfen vorbei und im Schatten eines hohen Lagerhauses bis zur Tooley Street wand. Jahraus, jahrein schipperte der dunkelhäutige Mann mit dem eisengrauen Bärtchen und den buschigen Brauen den Fluß hinauf, immer mit Ziegelsteinen als Ladung, und regelmäßig kehrte der Kahn leer und ohne ihn wieder zurück.

Davon wußten die Bewohner der Shadwick Lane nichts. Auch daß Joe Attymar im Monat nicht mehr als eine Nacht in seinem Haus verbrachte, war ihnen unbekannt. Natürlich sahen sie ihn manchmal in seinem verdreckten Auto durch das breite Tor rollen und wußten auch, daß er ins Ausland reiste, nahmen aber an, daß er das wohl ganz legitim in seiner Eigenschaft als Lastkahnführer tat.

Bei gewissen kleineren Problemen ergibt es sich von Zeit zu Zeit, daß die Bosse von Scotland Yard unbehaglich und voll Ungeduld in ihren gepolsterten Sesseln herumrutschen und kategorisch von ihren Mitarbeitern verlangen: »Tun Sie was!« Eines dieser kleineren Probleme war Joe Attymar, der sich zu seinem Glück dieser Tatsache nicht bewußt war.

Da gibt es Spielhöllen, die der Polizei Sorgen machen, wunderliche kleine Klubs und andere Etablissements, über die man sich in einer angesehenen Zeitschrift nicht so ohne weiteres äußern würde, aber mit all dem hatte Mr. Attymar nichts zu tun. Solche Probleme sind – in der einen oder der anderen Form – unausrottbar. Gelegentlich werden sie akut; so war es zur Zeit mit dem organisierten Schmuggel, der Scotland Yard großes Kopfzerbrechen bereitete.

Polizeichef Mason ließ Inspektor Gaylor kommen.

»Da ist letzte Nacht in der Lisle Street ein Typ beim Dealen erwischt worden. Nehmen Sie ihn sich mal vor, wenn er vom Haftrichter zurück ist. Ich habe so das Gefühl, daß er singen könnte.«

Aber der Mann war kein Singvogel, obgleich er, auf frischer Tat ertappt, durchaus diesen Eindruck vermittelt hatte. Er sagte jedoch dem geduldigen Kriminalbeamten genug, um in diesem die Erwartung zu wecken, es könne sich noch mehr aus ihm herauskitzeln lassen.

»Ich habe nur so viel herausbekommen«, berichtete Gaylor, »daß diese Verkaufsorganisation nahezu narrensicher ist. Die Bande, die wir letztes Jahr haben auffliegen lassen, hatte mit dem Absatz nichts zu tun, aber für mich steht fest, daß noch derselbe Mann an der Spitze steht.«

»Schnappen Sie ihn sich«, sagte der Chef, der Wunder im gleichen Ton zu verlangen pflegte wie seinen Nachmittagstee.

Und dann kam ihm eine Idee. »Sprechen Sie mal mit Reeder. Gerade heute hat der Staatsanwalt mir gesagt, daß Reeder für Sondereinsätze frei sei. Vielleicht kann er uns wenigstens einen Tip geben.«

Reeder hörte sich die Bitte an, seufzte und schüttelte den Kopf. »Das ist leider nicht ganz – hm – meine Branche. Rauschgift? Es gab da mal einen gewissen Moodle, vielleicht hieß er auch gar nicht so, der Kontakte zu diesen erbärmlichen Typen hatte ...«

»Moodle, der eigentlich Sam Oschkilinski hieß, ist seit fast einem Jahr tot«, sagte Gaylor.

»Nicht möglich«, erwiderte Reeder gepreßt wie einer, der einen lieben Freund verloren hat. »Woran ist er denn gestorben?«

»Ihm blieb der Atem weg«, sagte Gaylor ungerührt.

Reeder fiel zu Rauschgifthändlern nichts weiter ein.

»Haben Sie denn nichts darüber in Ihren Akten?« fragte Gaylor.

»Ich habe keine Akten.«

»Vielleicht könnte einer Ihrer komischen Freunde –« begann Gaylor.

»Ich habe keine Freunde.«

Doch das entsprach nicht ganz der Wahrheit.

Reeder hatte das Pech, einen ausgeprägten Bürgersinn und ein starkes Gefühl für nachbarliche Verantwortung zu besitzen. Besonders opferte er kostbare Zeit der Diagnose und Heilung geheimnisvoller Krankheiten, welche die Hühner in der Brockley Road zu befallen pflegten.

Reeder war eine Kapazität in Sachen Federvieh. Er wußte genau, warum Hennen kümmern und Hahnenkämme verblassen. Er hatte eine beachtliche Hühnerfarm in Kent, nicht groß, aber erlesen. Edle Lords und ihre Damen holten sich bei ihm Rat, ehe sie ihre Vögel ausstellten. Er beherrschte die Kunst, lebende Hühner für die Vorführung bei Preisgerichten zu waschen und zu trocknen; die Geflügelausstellung im Kristallpalast war ein Ereignis, auf das Mr. Reeder sich elf Monate und zwei Wochen freute.

Stundenlang konnte er im Garten mit seinen Nachbarn über die Eigenheiten von Legehennen diskutieren, und seine Bekanntschaft mit Johnny Southers nahm in einem Hühnerhaus ihren Anfang. Johnny wohnte drei Häuser weiter. Er war ein recht netter junger Mann, blond und gutaussehend. In Mr. Reeders Augen besaß er den außerordentlichen Vorzug, daß er mit nur geringem Konversationstalent gesegnet war.

Anna Welford wohnte im Haus gegenüber, so daß es gewissermaßen eine sehr kleine Bühne war, auf der die denkwürdige Tragödie des Joe Attymar zur Aufführung kam.

Reeder lernte Anna höchst prosaisch anläßlich einer Krankheit kennen, die Johnny Southers' preisgekrönte Wyandotten befallen hatte. Sie war zufällig im Garten der Familie Southers, als Reeder seine Diagnose stellte.

Anna Welford war ein schlankes, brünettes junges Mädchen mit außergewöhnlichen braunen Augen. Ihr Vater, ein

Fischhändler im Ruhestand, hatte in seinem Beruf einen Haufen Geld verdient und seine Tochter nach Brighton auf eine jener Nobelschulen geschickt, auf denen man den Mädchen das Reiten im Herrensitz, die Benutzung von Lippenstift und das Schwärmen für die Helden von Hollywood beibringt.

Doch hatte wohl dort in mancher Beziehung ihre Ausbildung zu wünschen übrig gelassen, denn sie kam als eine sehr vernünftige, ausgeglichene junge Dame in die langweilige Wohlanständigkeit der Brockley Road zurück.

Sie fand die Brockley Road nicht spießig. Weder rauchte sie, noch hatte sie sonst eine der Angewohnheiten, die nach landläufiger Auffassung das Leben erst lebenswert machen, sondern sie lebte sich in den Alltagstrott eines engen Zuhauses wieder ein, als habe sie nie das Zimmer mit der Tochter eines Grafen geteilt oder Hockey gegen eine englische Nationalmannschaft gespielt.

Johnny verliebte sich nicht auf den ersten Blick in sie. Er kannte sie von klein auf. Als Junge hatte er sie großmütig geduldet, jetzt, als Erwachsener, fand er ihre Ansichten brauchbar. Daß er sein Herz an sie verloren hatte, kam ihm ebenso überraschend wie die Feststellung, daß er plötzlich größer war als sein Vater.

So richtig begriff er es eigentlich erst, als Clive Desboyne in seinem chromblitzenden Coupé vorfuhr, um Anna zu einer Tanzveranstaltung abzuholen. Desboynes gelassene Selbstsicherheit, das besitzergreifende Gehabe, mit dem er Anna in den Wagen half, gingen Johnny gründlich gegen den Strich. Es gehörte sich nicht, fand er, daß ein Mann eine Zigarre rauchte, wenn er eine Dame neben sich im Wagen sitzen hatte. Nach dieser Begebenheit war sich Johnny, wenn er auf dem Zollamt Kisten aufmachte und kontrollierte, seiner Minderwertigkeit und der Hoffnungslosigkeit seiner Zukunft sehr bewußt.

In dieser Gemütsverfassung konsultierte er seine Kapazität für Federvieh, und Reeder hörte mit der gespannten

Aufmerksamkeit eines Menschen zu, der eine ganz und gar neue, originelle Geschichte vernimmt, die noch nie zuvor von einem menschlichen Wesen vorgetragen oder entgegengenommen worden ist.

»Ich weiß so wenig von der – hm – Liebe«, sagte Reeder verlegen. »Eigentlich – hm – überhaupt nichts. Ich würde Ihnen raten, den Dingen – hm – ihren Lauf zu lassen.«

Ein ausgezeichneter, wenn auch etwas unbestimmter Ratschlag. Doch es erwies sich, daß die Dinge den falschen Lauf nahmen.

2

Als Reeder am darauffolgenden Sonnabend nach Hause kam, erblickte er zwei Männer, die sich in der Brockley Road prügelten. Er hatte eine ausgesprochene Abneigung gegen Raufbolde. Um Mitternacht und an einem Sonnabend sprach vieles dafür, daß es sich bei den Kämpfenden um zwei Zeitgenossen handelte, die berauschenden Getränken zu reichlich zugesprochen hatten, und in solchen Fällen pflegte Mr. Reeder, wie der Pharisäer, auf die andere Straßenseite zu gehen.

Doch die beiden in diesen kurzen, stumm und erbittert geführten Kampf verwickelten jungen Männer waren, das sah man sofort, keine Vorstadtrabauken. Sie waren beide im Smoking, und Herren im Smoking prügeln sich in der Regel nicht in der Brockley Road. Dennoch hielt es Mr. Reeder nicht für angebracht, hier den Vermittler oder gar den Schiedsrichter zu spielen.

Er wäre vorbeigegangen und war schon auf gleicher Höhe mit den Kämpfenden, als einer von ihnen die Straße überquerte und seinen Partner – allerdings wohl kaum die passende Bezeichnung für jemanden, der sich total erschöpft und übel zugerichtet am Vorgartengitter festhalten muß – seinem Schicksal überließ. Da erkannte Mr. Reeder, daß einer der Kombattanten Mr. John Southers war.

»Tut mir leid, daß ich so viel Krawall gemacht habe«, sagte er entschuldigend und mit belegter Stimme. »Hoffentlich hat mein Vater nichts gehört. Unerträglich, dieser Bursche.«

Der unerträgliche Bursche auf der anderen Straßenseite bewegte sich langsam auf einen am Gehsteig geparkten Wagen zu. Sie warteten schweigend, bis er eingestiegen war und geräuschvoll wendete und in Richtung Lewisham High Road und von dort vermutlich in Richtung London davonfuhr.

»Ich war auf einem Ball«, erläuterte der junge Mann etwas zusammenhanglos.

»Hoffentlich war es nett«, sagte Reeder sehr freundlich.

Johnny schien nicht geneigt, eine ausführlichere Erklärung abzugeben. Als sie sich Reeders Gartentor näherten, sagte er:

»Zum Glück war Anna schon im Haus, als es losging. Er war den ganzen Abend unglaublich unverschämt zu mir. Sie hat mich übrigens selbst gebeten, sie abzuholen und nach Hause zu bringen, sonst wäre es gar nicht zu dem Zusammenstoß gekommen.«

Der Ball hatte in einem der großen Londoner Zunfthäuser stattgefunden, und hingefahren war Anna eigentlich mit Clive Desboyne; die Umstände, unter denen Johnny sie abgeholt hatte, blieben bei seinem Bericht weitgehend im Dunkeln. Auch über den unmittelbaren Anlaß des Streits, in dessen Verlauf es zwischen zwei wohlanständigen jungen Männern in einer friedlichen Vorortsstraße zu Handgreiflichkeiten gekommen war, erfuhr Mr. Reeder nichts.

Es war nicht etwa so, daß ihn die Geschichte gänzlich kalt gelassen hätte, doch schien das Problem nicht besonders dringlich zu sein. Mit etwas Glück, dachte er, haben die beiden Beteiligten bis morgen früh schon wieder vergessen, worüber sie sich eigentlich in die Haare geraten sind.

In dieser Woche sprach er Johnny nicht mehr. Reeder ging seinen Geschäften nach, und es darf bezweifelt werden, daß er sich in Gedanken auch nur fünf Minuten mit Johnny beschäftigt hatte, bis der Fall Joe Attymar in sein Blickfeld rückte.

Er war wieder einmal von Scotland Yard zu einer Beratung gebeten worden, wo er Gaylor und den Polizeichef über einen sehr schmutzigen Brief gebeugt vorfand, der im Laufe des Tages beim Yard eingetroffen war.

»Setzen Sie sich, Reeder«, sagte der Chef. »Kennen Sie einen gewissen Attymar?«

Reeder schüttelte den Kopf. Er hatte noch nie von Joe Attymar gehört.

»Natürlich könnten wir diesen Fall ohne weiteres auch selbst erledigen«, erläuterte der Chef, »wenn es da nicht gewisse Komplikationen gäbe, mit denen ich Sie nicht weiter behelligen will. Unserer Ansicht nach ist ein Gesandtschaftsangehöriger in die Geschichte verwickelt, und verständlicherweise liegt uns daran, daß sich die Wahrheit wie zufällig und nicht als das Resultat einer gezielten polizeilichen Ermittlung ergibt.«

Reeder ließ sich dann von dem Lastschiffer Joe Attymar, von der kleinen Kaianlage am Ende der Shadwick Lane und dem Lastkahn »Allanuna« erzählen, der jahraus, jahrein Ziegelsteine die Themse hinaufbeförderte. Welche Rolle die Gesandtschaft spielte, um welche Gesandtschaft es sich handelte oder ob es eine solche Gesandtschaft überhaupt gab, erfuhr er weder damals noch später. In Würdigung seines Scharfblicks soll jedoch nicht verschwiegen werden, daß ihm dieser Aspekt des Falls von Anfang an dubios vorgekommen war; er legte sich schließlich die – vermutlich zutreffende – Erklärung zurecht, daß ihm wohl die Rolle zugedacht war, Attymar und seinen Leuten solche Angst einzujagen, daß sie ihre Schandtaten von selbst verrieten. Denn damals kannte man Reeders Namen und sein Aussehen an der Themse flußauf wie flußab, es gab wohl kaum einen Kranführer, kaum einen Schiffsjungen, der nicht eine passable Karikatur von ihm zustande gebracht hätte. Auf Reeders Konto ging die Zerschlagung einer der bestorganisierten Flußdiebesbanden, die sich je zu unerlaubtem Ziel und Zweck zusammengetan hatte.

Reeder kratzte sich an der Nase, und seine Mundwinkel bogen sich melancholisch nach unten. »Ich hatte gehofft, ein Wiedersehen mit diesem – hm – interessanten Wasserlauf für längere Zeit vermeiden zu können.«

Er setzte sich und ließ geduldig eine Aufzählung uninteressanter Fakten über sich ergehen. Joe Attymar beförderte seine Ziegelsteine zu einem Preis, der etwas niedriger als der seiner Konkurrenten lag. Er lieferte an vier Bauunternehmer und hatte sein regelmäßiges, wenn auch wohl nicht üppiges Einkommen. In seiner Gegend hieß es, er schwimme im Geld, doch in diesem Ruf steht für die Bewohner der Shadwick Lane jeder, der nicht genötigt ist, in regelmäßigen Abständen das örtliche Leihhaus aufzusuchen. Er pflegte keinerlei nachbarlichen Verkehr, war unverheiratet und hatte außer seinen Ziegelsteintransporten offenbar keine anderen Interessen.

»Faszinierend«, bemerkte Reeder. »Hört sich fast an wie ein Roman, wie?«

Dann ging er, und Mason, der Reeder nicht näher kannte, meinte: »Was daran faszinierend sein soll, ist mir schleierhaft.«

»Das ist so seine Vorstellung von Witz und Humor«, erläuterte Gaylor.

Eine Woche später – die »Allanuna« ankerte vor Queensborough – näherte sich unter Ligseys aufmerksam-argwöhnischem Blick langsam ein kleines Boot, gerudert von einem Mann aus dem Ort. Nur ein einziger Passagier saß darin.

Das Boot ging längsseits, und Ligsey sah, daß der Passagier ein Mann mit steifem Hut und schiefsitzendem Pincenez war, der einen Regenschirm zwischen die Beine geklemmt hatte und anscheinend an dessen großem Griff kaute. Bei diesem Anblick fuhr Ligsey, der sich mit allem, was sich auf der Themse tat, sehr gut auskannte, mit einem unterdrückten Aufschrei hoch.

Er klapperte verwirrt mit den Augendeckeln, während Mr. Reeder sich näherte.

»Guten Morgen«, sagte Reeder.

Ligsey schwieg.

»Vielleicht sollte ich lieber guten Tag sagen«, fuhr Reeder fort, der es mit seinen Formulierungen sehr genau nahm. »Ist der Kapitän an Bord?«

Ligsey räusperte sich. »Nein, Sir, ist er nicht.«

»Sie hätten wohl nichts dagegen, wenn *ich* an Bord käme?«

Mr. Reeder wartete die Antwort nicht ab, sondern schwang sich mit überraschender Behendigkeit auf das schmale Deck und sah sich mit freundlichem Interesse um. Da die Ladeluken nicht geschlossen waren, hatte man einen guten Blick in den Laderaum.

»Ziegelsteine sind wirklich etwas sehr Interessantes«, bemerkte er liebenswürdig. »Kein Haus ohne Ziegelstein, kein Ziegelstein ohne Stroh. Ich finde es daher sehr vernünftig, Ziegelsteine in Stroh zu packen, gleichsam als Erinnerung daran, was sie diesem bescheidenen – hm – Halm verdanken.«

Ligsey sagte nichts, schien aber schwer an etwas zu schlucken.

»Was ich fragen wollte«, fuhr Reeder fort, während seine Augen rastlos umherwanderten, »wäre es möglich, diesen Kahn zu chartern?«

»Da müssen Sie schon den Skipper fragen«, sagte Ligsey gepreßt.

Sein nicht übermäßig sauberes Gesicht war um einen

Schein blasser geworden. Die sich um Reeder rankenden Geschichten hatten bei der Reise die Themse entlang immer mehr an Farbigkeit gewonnen. Man schrieb ihm übernatürlich-hellseherische Kräfte zu, sein Wissen und seine Einfühlungsgabe kannten, so hieß es, keine Grenzen. Zum ersten Mal seit Jahren sah sich Ligsey mit den langsam mahlenden Mühlen des Gesetzes konfrontiert. Es war eine ziemlich unbehagliche Erfahrung, und seine Reaktionen waren völlig anders, als er erwartet hatte. Wie hatte er zu Joe Attymar gesagt?

»Wenn die sich bei mir sehen lassen, riskier ich einfach 'ne kesse Lippe.«

Und nun, da »die« sich tatsächlich bei ihm sehen ließen, wollte und wollte es nichts werden mit der kessen Lippe. Er kam sich sehr unzulänglich vor.

»Wann erwarten Sie den Skipper?« erkundigte sich Reeder in seiner gewinnendsten Art.

»Heut abend oder morgen, ganz genau weiß ich's nicht«, stotterte Ligsey. »Er wird uns wohl abholen.«

»Ein Landgang, um Depeschen abzuholen?« fragte Reeder freundlich. »Oder vielleicht, um ein Telegramm an den Eigner zu schicken? Nein, das kann nicht sein, der Eigner ist er ja selbst. Interessant. Jeden Augenblick dürfen wir ihn demnach mit einer versiegelten Order unter dem Arm erwarten.« Er deutete auf den Laderaum. »Können Sie mir sagen, wozu Sie diese quadratische Öffnung zwischen den Ziegelsteinen ausgespart haben? Ist das eins der Geheimnisse des Packens? Oder sollte ich sagen des Stauens?«

Ligsey wurde noch blasser. »Wir machen das immer so«, sagte er, und seine eigene Stimme kam ihm ganz fremd vor.

An einem Besuch der Kabine hinderte Reeder ein Vorhängeschloß vor der Tür. Dafür besichtigte er ungebeten das kleine Kabuff im Bug, wo Ligsey und der Schiffsjunge schliefen. Überraschenderweise hatte Reeder auch jetzt, am hellichten Tag, eine starke Taschenlampe bei sich, mit der er jede Ecke von Ligseys Reich ausleuchtete, wie es noch nie zuvor ausgeleuchtet worden war.

»Ziemlich primitiv, was?« meinte Reeder. »Schrecklich, wenn man unter solchen Umständen hausen muß. Aber es gibt natürlich noch weit Schlimmeres.«

Zu dieser kleinen Rede schwang er sich auf, nachdem sie wieder die frische Luft an Deck atmeten, wobei er sich mit der Krempe seines hohen Hutes fächelte.

»Man kann zum Beispiel«, fuhr er fort, während sein Blick müßig über das malerische Ufer von Queensborough streifte, »genötigt sein, in einem hübschen, sauberen Gefängnis Wohnung zu nehmen. Ich kenne etliche Männer, die lieber im Gefängnis wohnen würden als im – hm – Buckingham-Palast, obgleich mir natürlich nicht bekannt ist, ob sie je eine Einladung in den Buckingham-Palast erhalten haben. Allerdings habe ich diese Behauptung noch nie von anständigen Männern gehört. Männern mit Frauen und Kindern.«

Ligseys Gesicht war völlig ausdruckslos.

»Mit Töchtern und Müttern.«

Ligsey zuckte zusammen.

»Solche Männer bleiben nämlich lieber draußen. Und das gelingt ihnen auch, wenn sie vernünftig genug sind, eine Aussage bei der Polizei zu machen.« Er nahm eine Karte aus der Brieftasche, die er Ligsey fast schüchtern überreichte.

»Dort wohne ich«, sagte Reeder. »Sie können jederzeit bei mir vorbeikommen, wenn Sie gerade in der Nähe sind, ich freue mich auf Ihren Besuch. Interessieren Sie sich für Geflügel?«

Ligsey interessierte sich für gar nichts.

Reeder winkte dem Bootsmann, der sein Boot längsseits brachte, stieg ein und wurde ans Ufer zurückgerudert.

Es gab einen, der ihn hatte kommen sehen und der ihn im Auge behielt, bis der Zug ihn nach London zurückbrachte. Bei Anbruch der Dunkelheit ruderte Joe Attymar zu seinem Kahn hinaus, wo ihn ein merklich verstörter

Maat empfing.

»Der alte Reeder war hier«, platzte Ligsey heraus, aber Joe Attymar unterbrach ihn mit einer Handbewegung.

»Soll das alle Welt erfahren?« fuhr er ihn an. »Komm nach achtern.«

Der vierschrötige junge Mann folgte seinem Skipper.

»Daß Reeder hier war, weiß ich, ich habe ihn gesehen. Was wollte er?«

Ligsey berichtete in aller Kürze eine Reihe sehr unwichtiger Einzelheiten des Besuches. Daß er weder Reeders Karte noch dessen Einladung erwähnte, war nicht weiter verwunderlich.

»Damit sind wir geplatzt«, schloß Ligsey. »Der alte Reeder hat einen unheimlichen Riecher. Hat mich gefragt, warum wir die Lücke in den Ziegelsteinen ausgespart haben. Ich hab noch nie was mit einem Kriminaler zu tun gehabt –«

»Ach nee!« höhnte der Käpt'n. »Und wer war der Kerl, der neulich vor Gravesend an Bord gekommen ist? Und warum habe ich einen halben Zentner guter Ware im Wasser verschwinden lassen müssen? Wir hatten schon ein halbes Dutzend dieser Typen hier, du Trottel, und alle waren cleverer als Reeder. Hat er verlangt, daß du ihm was erzählst?«

»Nein.« Ligseys Antwort kam wie aus der Pistole geschossen.

Joe Attymar überlegte einen Augenblick. »Wir lichten Anker, ich warte nicht auf das holländische Boot«, entschied er dann.

Ligseys Seufzer der Erleichterung war noch am anderen Ende des Kahns zu hören.

3

Reeders Besuch an Bord der »Allanuna« war Krönung und Abschluß einer Ermittlungsreihe, die er innerhalb weniger Tage durchgeführt hatte. Er reichte einen kurzen Bericht bei Scotland Yard ein und trat den Heimweg in die Brockley Road an. Beim Einbiegen aus der Lewisham High Road überholte er Johnny Southers. Johnny war nicht allein.

»Gerade haben Anna und ich von Ihnen gesprochen«, sagte er, seine und seiner Begleiterin Schritte Reeders gemächlicherem Tempo anpassend. »Hätten Sie wohl fünf Minuten Zeit für uns?«

Ja, das würde sich machen lassen. Während Reeder sie in sein großes, altmodisches Wohnzimmer führte, hoffte er insgeheim, daß bei dem Gespräch nicht die unergründlichen Regungen des jungen menschlichen Herzens im Mittelpunkt standen.

Sie wollten heiraten.

»Annas Vater weiß es schon, und er hat sich kolossal anständig benommen«, sagte Johnny, »und ich wollte gern, daß Sie es auch gleich erfahren, Mr. Reeder.«

Reeder murmelte etwas, das wie ein Glückwunsch klang. Das Thema Liebe und Lieben konnte demnach getrost zu den Akten gelegt werden.

»Und Desboyne war auch kolossal anständig. Ich habe Anna von dieser unerfreulichen kleinen Szene erzählt, deren Zeuge Sie geworden sind. Er selbst hat ihr kein Wort davon verraten. Er hat sich brieflich bei Anna entschuldigt und auch bei mir, und hat mir eine sehr gute Stellung in Singapur angeboten. Der Mann ist steinreich, und die Sache hört sich sehr gut an.«

»Ich finde nicht, daß sie sich gut anhört«, erklärte Anna entschieden. »Clives Großzügigkeit weiß ich zu würdigen, aber ich finde, Johnny sollte seine Beamtenstellung nur aufgeben, wenn er etwas Besseres hier in England findet. Bitte, reden Sie es ihm aus, Mr. Reeder.«

Reeder sah unglücklich von einem zum anderen. Die Vorstellung, einem Mitmenschen etwas auszureden, was ihn selbst relativ kalt ließ, erschreckte ihn. Er begriff, daß ihm die Rolle eines Mentors der Jugend nicht so recht auf den Leib geschrieben war. Johnny Southers war ihm sympathisch, und er war ja auch wirklich ein netter, anständiger junger Mann, und Anna Welford war ein besonders hübsches Mädchen. Aber selbst beides zusammengenommen vermochte ihn nicht zu einem begeisterten Engagement zu bewegen.

»Viel Überredung ist bei mir gar nicht mehr nötig«, sagte Johnny zu seiner Erleichterung. »Ich habe etwas anderes in petto. Eine ziemlich große Sache, über die ich noch nicht reden darf, man hat mich eigens darum gebeten. Wenn das klappt, lehne ich Singapur sowieso ab. Ich sehe da keine besonderen Schwierigkeiten mehr. Die Sache ist die, Mr. Reeder: Wenn man Ihnen die Teilhaberschaft in einem gutgehenden Geschäft anbieten würde, aus dem man, wenn man sich mit ganzer Kraft dafür einsetzt, etwas ganz Großes machen könnte – würden Sie zugreifen?«

Reeder sah zur Decke und seufzte. »Ich halte nicht viel von Hypothesen, Mr. Southers. Wenn es soweit ist und gesetzt den Fall, Sie könnten mir genau sagen, um was für ein Unternehmen es sich handelt, würde ich Sie vielleicht beraten können, obgleich ich zugeben muß, daß man mich nie für einen Menschen gehalten hat, dessen Rat auch nur – hm – einen Pfifferling wert ist.«

Anna nickte nachdenklich. »Deshalb lag mir so viel an diesem Gespräch mit Ihnen, Mr. Reeder. Ich habe große Angst, Johnny könnte um einer ganz unsicheren Sache willen aus dem öffentlichen Dienst aussteigen, und er soll unbedingt erst mit Ihnen darüber sprechen. Ich will gar nichts von seinen Geheimnissen wissen.« In ihren Augen stand die Andeutung eines Lächelns. »Ich glaube, die meisten wirklich wichtigen kenne ich schon.«

Reeder sah sich mit kläglichem Gesicht um. Er kam sich

vor, als zappele er in einem Netz trister Spießbürgersorgen. Er war, um es ganz offen zu sagen, entsetzlich angeödet, und wäre er von weniger ausgeglichener Gemütsart gewesen, hätte er möglicherweise einen lauten Schrei losgelassen. Hätte ich doch dieses lustwandelnde Liebespaar nur nicht überholt, dachte er. Warum wenden die beiden sich nicht an eines jener Presseprodukte, die eigens Spalten zur Beratung junger, sentimentaler Leser in allen Schicksalsfragen eingerichtet haben? Sehr erleichtert schloß er schließlich die Tür hinter ihrem kleinen Geheimnis und wandte sich dem Ernst des Lebens – das heißt dem Abendessen – zu.

In den nächsten Tagen schlug sich Reeder mit zahlreichen Problemen herum, zu denen er allerdings die Tatsache, daß er in Joe Attymar einen neuen Feind gewonnen hatte, selbst dann nicht gezählt hätte, wenn er sich dieser Sachlage bewußt gewesen wäre.

In einem Dutzend Länder saßen Männer hinter Gittern, die ihm die lebhafteste Abneigung entgegenbrachten. Da war Meister in Hamburg, der amerikanische Banknoten zentnerweise zu verkaufen pflegte. Da waren Lefere, der gerissene Großgraveur von Lirescheinen, Monsatta, der sich auf englische Fünfpfundnoten spezialisiert hatte, oder Madame Pensa aus Pisa, die viele Jahre lang die bedeutendste Vertreiberin von Falschgeld in Ost- und Südeuropa gewesen war; da waren Al Selinski, der Papierhersteller, und Don Leishmer, der französische Tausender zu Tausenden druckte. Sie alle kannten Mr. Reeder zumindest dem Namen nach, und keiner hatte ein gutes Wort für ihn, abgesehen von Monsatta, der ein weitherziger Mensch war und sich von seinen persönlichen Schicksalsschlägen zu distanzieren vermochte.

Reeder bekam Post von vielen seltsamen Orten. Bemerkenswert war, daß es sich bei einem großen Teil von Mr. Reeders Briefpartnern um Frauen handelte. Nicht wenige Briefe waren höchst peinlichen Inhalts.

In zahlreichen Prozessen, die im Old Bailey verhandelt wurden, war sein Name gefallen. Gelegentlich war er auch selbst in den Zeugenstand getreten, melancholisch und sichtlich gedrückt, und hatte in seiner zögernd-rücksichtsvollen Art gegen alle möglichen Missetäter, hauptsächlich aber Fälscher, ausgesagt.

Man bezeichnete ihn als »Experten«, als »Privatdetektiv«, als »Bankbeamten«. Alle diese Bezeichnungen trafen einen Teil der Wahrheit, keine aber traf sie ganz. Richter und manche Strafanwälte wußten, daß er im Bedarfsfall der Staatsanwaltschaft zur Verfügung stand. Man erzählte sich, daß intern sein Status dem Rang eines Superintendenten bei der Kriminalpolizei entsprach. Fest stand, daß er ein ansehnliches Honorar vom Bankiersverein bezog, wahrscheinlich bekam er auch Zahlungen vom Staat, aber genau Bescheid wußte niemand. Seine Konten wurden auf einer Bank in Torquay geführt, deren Direktor sein persönlicher Freund war.

Greifbares Ergebnis seiner flüchtigen Auftritte vor Gericht war, daß durchaus intelligente Frauen es sich plötzlich in den Kopf setzten, er sei der richtige Mann zur Beobachtung ihrer Ehepartner und zur Beschaffung des für die Scheidung erforderlichen Beweismaterials. Geschäftsleute baten ihn, sich mit dem Privatleben ihrer Teilhaber zu beschäftigen, und immer wieder wurden ihm von bedeutenden Firmen Aufträge angeboten. Nichts davon vermochte Mr. Reeder zu reizen, und eigenhändig schrieb er lange, gewissenhaft interpunktierte Briefe, in denen er zu erläutern pflegte, daß er nicht Privatdetektiv im eigentlichen Sinne des Wortes sei.

Es überraschte ihn deshalb nicht weiter, daß er vier Tage nach seinem Gespräch mit Johnny Southers einen Brief erhielt, als dessen Absender ein Apartmenthaus in der Park Lane angegeben war und in dem er um seine Dienste gebeten wurde. Er suchte als erstes nach der Unterschrift, die er mit einiger Mühe als »Clive Desboyne« entzifferte.

Der Name kam ihm zwar irgendwie bekannt vor, zunächst hatte er aber Schwierigkeiten, ihn einzuordnen. Dann fiel ihm die Schlägerei ein, deren Zeuge er geworden war, und er begriff, daß es sich um den zweiten Beteiligten an diesem bedauerlichen Zusammenstoß handelte.

Der Brief war mit der Maschine geschrieben und lautete: Sehr geehrter Herr! Ihre Privatadresse habe ich durch Zufall erfahren, weil Miss Welford mir eines Abends, als ich sie besuchte, Ihr Haus zeigte. Ich bin in einer etwas heiklen Lage und würde gern Ihre Dienste in Anspruch nehmen, um mich daraus zu befreien. Da der Fall Southers berührt, den Sie wohl kennen (ich habe inzwischen erfahren, daß Sie Zeuge eines gewissen peinlichen Zwischenfalls waren, der wahrscheinlich mehr zu meinen als zu seinen Lasten geht), wage ich zu hoffen, daß Sie mich empfangen werden. Ich würde Sie in diesem Fall bitten, dies als offiziellen Auftrag zu betrachten und mir Ihr übliches Honorar in Rechnung zu stellen. Bis Freitagabend bin ich verreist, aber so dringend ist es auch wieder nicht. Wenn ich am Freitagabend nach zehn vorbeikommen könnte, wäre ich Ihnen wirklich außerordentlich dankbar. Mit freundlichen Grüßen …

Reeders erste Reaktion war, einen Briefbogen herauszuholen, um Desboyne eine ebenso nachdrückliche wie höfliche Absage zu erteilen, so mißlich seine Lage auch sein mochte. Er hatte schon die ersten drei Worte zu Papier gebracht, als eine jener seltsamen Eingebungen, die ihn zuweilen überkamen und die ihm schon oft den richtigen Weg gewiesen hatten, seine Hand anhielt. Er nahm ein Telegrammformular und schickte dem jungen Mann eine kurze Nachricht, in der er sich mit seinem Vorschlag einverstanden erklärte.

Der verabredete Tag war für Reeder ziemlich hektisch verlaufen. Scotland Yard war zweimal mit großem Erfolg fündig geworden. Bei einer Razzia auf eine kleine Autowerkstatt in Nordlondon waren in den frühen Morgenstunden fast vierhundert Pfund Sacharin sichergestellt worden, bei einer zweiten Razzia in einer Westend-Wohnung waren der Polizei große Mengen von Heroin und Kokain in die Hände gefallen.

»Sieht aus, als hätten wir einen der führenden Dealer geschnappt«, sagte Gaylor. »Wir beobachten den Lastkahn und wollen es riskieren, Attymar zu verhaften, sobald er an Bord geht.«

»Wo liegt der Kahn?«

»Vor Greenwich«, sagte Gaylor.

Reeder griff in seine Tasche und zog einen Umschlag hervor. Das Papier war schmutzig, die Adresse unbeholfen hingekritzelt. Er angelte ein ebenso schmutziges Briefblatt heraus und legte beides auf Gaylors Schreibtisch.

Ich kann Sie Informazionen geben, schrieb der Unbekannte, Sonntagfrüh komm ich zu Sie nach Haus. Von einen Freunt.

Gaylor inspizierte den Umschlag. Er war in Greenwich abgestempelt.

»Er hat offenbar geschwankt, ob er ihn überhaupt abschicken sollte, die Umschlagklappe ist noch einmal gelöst und wieder zugeklebt worden. Ich tippe auf Ligsey, eigentlich William Liggs. Nicht vorbestraft, aber schon mehrmals in Verdacht geraten. Sie werden mit ihm sprechen?«

»Ja, falls er kommt«, sagte Reeder. »Viele dieser Gentlemen, die einem Informationen versprechen, überlegen es sich oft im letzten Augenblick noch anders.«

»Vielleicht ist es schon zu spät«, sagte Gaylor.

Als sich Reeder am Ende eines arbeitsreichen und anstrengenden Tages heimwärts bewegte, hatte er die so leichtsinnig getroffene Verabredung total vergessen. Er hatte kaum sein Haus betreten, als es klingelte; erst in diesem Augenblick wurde ihm schmerzlich bewußt, daß er sich um eine Stunde dringend benötigter Nachtruhe gebracht hatte.

Desboyne war im Smoking. Er kam aus seinem Klub, wo er, wie er erläuterte, nach der langen Reise von Westengland her erst einmal gebadet und sich umgezogen hatte.

»Es ist mir sehr unangenehm, Sie zu so später Stunde noch belästigen zu müssen, Mr. Reeder«, sagte er mit entschuldigendem Lächeln. »Aber ich fühle mich ein bißchen in der Rolle des Bösewichts, und da ich eine tüchtige Portion Eitelkeit besitze, möchte ich das gern wieder in Ordnung bringen.«

Reeder sah sich hilflos suchend nach einem Stuhl um, fand einen, machte eine einladende Handbewegung, und Desboyne zog ihn an den Tisch heran, an dem der Detektiv saß.

Er war zwischen dreiunddreißig und fünfunddreißig, ein gutaussehender Mann mit angenehm offenen Gesichtszügen und belustigt zwinkernden grauen Augen.

»Sie haben die Prügelei mit angesehen, nicht? Der Junge hatte einen guten Schlag. Was ich eingesteckt habe, hatte ich vollauf verdient. Es war übrigens nicht schlimm. Ich war sehr ruppig zu ihm. Aber dann bin ich dummerweise ins andere Extrem verfallen, indem ich ihm einen Job in Singapur angeboten habe, den er natürlich annehmen wird. Und jetzt liegt mir sehr viel daran, aus dieser Sache wieder herauszukommen.«

Reeder sah ihn überrascht an, und der junge Mann lachte ein bißchen kläglich.

»Sie halten mich für einen komischen Vogel, was? Ganz so unrecht haben Sie nicht. Ich bin ziemlich impulsiv und habe mich da in eine dumme Lage hineinmanövriert. Wie dumm sie ist, das ist mir erst jetzt so richtig klargeworden. Ich mag nämlich Anna Welford sehr gern, was leider nicht auf Gegenseitigkeit beruht. Southers ist sozusagen der erfolgreiche Rivale, so daß zwangsläufig alles, was ich sage oder tue, einen verdächtigen Anstrich hat. Das ist das Scheußliche an der Geschichte.«

»Weshalb möchten Sie das Stellenangebot zurücknehmen?« fragte Reeder. Er hätte hinzufügen können, daß sich seines Wissens die Angelegenheit ohnehin schon erledigt habe.

Clive Desboyne zögerte. »Ja, wissen Sie, das ist eine etwas komplizierte Geschichte.« Er stand auf und begann, die Hände in den Taschen vergraben und die Stirn nachdenklich gerunzelt, im Zimmer auf und ab zu gehen.

»Erinnern Sie sich an den Abend der Schlägerei? Nein, ich darf wohl kaum erwarten, daß er sich Ihrem Gedächtnis unauslöschlich eingeprägt hat. Auslöser war eine Bemerkung, die ich unserem Freund gegenüber machte, als wir das Tanzvergnügen verließen. Offenbar wartete draußen – das habe ich erst hinterher erfahren – ein Mann auf Southers, aber in der Hitze unserer kleinen Auseinandersetzung, die übrigens schon in London begann, hat Southers ihn nicht gesehen. Der Mann ist ihm entweder in die Lewisham High Road gefolgt oder war dort schon vor ihm eingetroffen. Er muß auf der Straße gewesen sein, als es zu der Schlägerei kam. Als ich in jener Nacht nach Hause kam, fragte mich der Portier, ob ich bereit sei, ein ziemlich heruntergekommenes Individuum zu empfangen. Ich hatte zu diesem Zeitpunkt überhaupt kein Verlangen nach menschlicher Gesellschaft und verneinte deshalb. Ein paar Tage später hielt mich am Piccadilly ein Bursche an, den ich für einen Bettler hielt. Er wirkte gesund und munter, aber so sind ja die meisten. Er habe die Schlägerei mit angesehen, sagte er, und könne mir etwas über Southers erzählen. Mein Zorn hatte sich inzwischen schon ein bißchen gelegt, und ich versuchte, ihn abzuwimmeln, aber er ließ nicht locker, und schließlich sagte ich ihm, er solle zu mir in die Wohnung kommen. Er kam noch am gleichen Abend und erzählte mir eine unglaubliche Geschichte. Er hieß –« Clive Desboyne runzelte die Stirn. »Der Name ist mir im Augenblick entfallen, aber ich komme schon wieder darauf. Er war Maat oder so was Ähnliches auf dem Lastkahn eines gewissen Attymar.«

»Ligsey?« fragte Reeder. Desboyne nickte.

»Genau, so hieß er. Ligsey. Ich kürze etwas ab, denn er

erzählte sehr weitschweifig, und ich möchte Sie nicht so anöden, wie er mich angeödet hat. Auf dem Lastkahn wird Konterbande flußaufwärts transportiert, dieser Attymar scheint das Schmuggelgeschäft im großen zu betreiben. Zuerst habe ich ihm seine abenteuerliche Geschichte nicht abgenommen, obgleich sie mir nach den Details, die er nannte, durchaus wahrscheinlich erschien. Bestimmte Gegenstände, sagte er, werden auf dem Kahn flußaufwärts geschmuggelt, anderes wird von Southers durch den Zoll geschleust.«

Reeder sperrte den Mund auf.

»Um ganz ehrlich zu sein –« Clive Desboynes Stimme war sehr ernst geworden, «– ich wollte die Geschichte glauben. Im Grunde meines Herzens mag ich John Southers nicht. Es wäre unnatürlich, wenn es anders wäre. Auf der anderen Seite wollte ich mich an die Spielregeln halten. Ich sagte dem Burschen, er sei ein Lügner, aber er schwor heilige Eide, daß jedes Wort wahr sei. Er glaubt, daß die Polizei Attymar verhaften wird, und wenn sie das tut, wird Attymar singen – um seinen Ausdruck zu benutzen. Inzwischen habe ich Southers für einen sehr wichtigen und verantwortungsvollen Posten in Singapur empfohlen, und wenn die Geschichte herauskommt, stehe ich dumm da. Das stört mich nicht«, fügte er ruhig hinzu, »aber es stört mich, daß Anna Welford diesen Kerl heiraten will.«

Reeder zupfte an seiner Unterlippe. »Kennen Sie Attymar?«

Der junge Mann schüttelte den Kopf. »Selbst bei Ligsey kann von Kennen keine Rede sein, aber wenn er sein Versprechen hält, werde ich Attymar morgen früh kennenlernen.«

»Was hat Ligsey denn versprochen?«

»Er sagt, daß Attymar schriftliches Beweismaterial besitzt – so hat er sich nicht ausgedrückt, aber gemeint hat er es so – und daß er heute abend zu Attymars Haus gehen will, um es zu holen.«

Reeder dachte nach und starrte ins Leere. »Wann haben Sie ihn zum letzten Mal gesehen?«

»An dem Vormittag, als ich Ihnen schrieb – oder vielmehr an dem Vormittag, an dem Sie den Brief bekommen haben.« Er machte eine hilflose Handbewegung. »Wie immer es ausgehen mag, Anna wird mich bestimmt für den größten Lumpen halten, der –«

Das Telefon schrillte. Reeder murmelte eine Entschuldigung, hob ab und horchte mit ausdruckslosem Gesicht. »Wann?« fragte er nur. Und nach einer langen Pause: »Ja.« Während er auflegte, fuhr Desboyne fort:

»Wissen Sie, ich würde gern selbst mit Attymar sprechen und dann –«

Reeder schüttelte den Kopf. »Das wird leider nicht möglich sein. Attymar ist heute abend zwischen neun und zehn ermordet worden.«

4

Es war halb eins, als ein Taxi Reeder in die Shadwick Lane brachte, in der es von Menschen wimmelte. Eine Polizeikette hatte das Tor abgesperrt, aber Inspektor Gaylor, der ihn schon erwartete, brachte ihn in den Hof.

»Wir suchen den Fluß nach der Leiche ab«, erklärte er.

»Wo ist der Mord begangen worden?« fragte Reeder.

»Kommen Sie nur weiter«, sagte der Kriminalbeamte grimmig. »Dann brauchen Sie gar nicht mehr viel zu fragen.«

Der Anblick, der sich Reeder bot, war nicht erfreulich, obgleich er einiges gewöhnt war. In dem kleinen Wohnzimmer lagen zerbrochene Möbelstücke kreuz und quer durcheinander, die Wände waren rot bespritzt. Nur ein Ecktisch war unberührt geblieben. Darauf standen zwei Gläser mit Whisky, das eine war noch voll, das andere halb geleert. Sorgsam war daneben auf einem Stück Papier eine halb gerauchte Zigarre abgelegt.

»Der Mord geschah hier, die Leiche wurde bis ans Pier geschleift und ins Wasser geworfen«, sagte Gaylor. »Dafür gibt es genügend Beweise. Wir haben zahlreiche Schriftstücke beschlagnahmt. Auf dem Kaminsims haben wir einen Brief gefunden, der von einem gewissen Southers stammt, John Southers. Kein Absender, aber nach der Schrift offenbar ein gebildeter Mann. Heute abend um neun Uhr fünfundzwanzig bekam Attymar Besuch von einem jungen Mann, der durch die kleine Pforte neben dem Tor eingelassen wurde und der etwa zehn Minuten später wieder gegangen ist.«

Gaylor öffnete seine Aktentasche und holte eine mitgenommene silberne Taschenuhr heraus, die offenbar jemandem unter den Absatz geraten war. Das Glas war zerbrochen, das Gehäuse aus der Form geraten. Die Zeiger waren auf neun Uhr dreißig stehengeblieben.

»Wir haben eine Zeugin, die sagt, daß dies Ligseys Uhr war – eine Frau hier aus der Straße, die das gute Stück mal für ihn zum Leihhaus getragen hat. Es ist ein wichtiger Fund, weil wir damit vermutlich die Tatzeit haben, wenn man davon ausgeht, daß die Uhr ein bißchen vor- oder nachgegangen ist. Unwahrscheinlich, daß sie auf die Minute genau ging. Wir haben eine Beschreibung von Southers herausgegeben, die zwar nicht besonders gut ist, aber wohl genügen dürfte. Eine Photokopie des Briefes lasse ich an –«

»Die Mühe kann ich Ihnen ersparen. Hier ist die Adresse des jungen Mannes.«

Reeder holte ein Notizbuch hervor, kritzelte ein paar Zeilen und reichte dem Kriminalbeamten das Blatt. Finster betrachtete er das blutbefleckte Zimmer, die Spuren des Unglücks. Schweigend folgte er Gaylor, der mit Hilfe einer hellen Taschenlampe die verräterische Blutspur nachzog, die zum Kai führte, und …

»Sehr interessant«, meinte Reeder. »Wenn Sie die Leiche finden, würde ich sie mir gern einmal ansehen.«

Er sah auf die Themse hinaus, über der ein leichter Dunst lag, der zwar die Schiffahrt nicht behinderte, aber dreißig oder vierzig Meter entfernte Gegenstände einhüllte und ihre Konturen verwischte.

»Der Kahn liegt vor Greenwich, nicht?« fragte er nach langem Schweigen. »Könnten Sie mir ein Polizeiboot zur Verfügung stellen?«

Eins der Boote wurde an die schäbige Pier gebracht, und Reeder ließ sich behutsam hinunter, ohne seinen Regenschirm aus der Hand zu geben, den noch kein menschliches Auge in aufgespanntem Zustand erblickt hatte. Es war eine frostige Nacht, der Ostwind blies den Fluß hinauf, aber er saß regungslos wie eine Sphinx im Bug und starrte vor sich hin, während das Boot in Richtung Greenwich davonschoß.

Es ging an der »Allanuna«, die am Surrey-Ufer vertäut war, längsseits, und eine bebende Stimme rief:

»Bist du's, Ligsey?«

Reeder schwang sich an Bord. »Nein, mein Junge«, sagte er dann ganz freundlich. »Es ist nicht Ligsey. Wartest du auf ihn?«

Der Junge hob die Laterne, betrachtete Mr. Reeder und schrak sichtlich zusammen.

»Sie sind ein Bulle, was?« fragte er mit zitternder Stimme. »Haben Sie Ligsey hochgehen lassen?«

»Ich habe Ligsey nicht hochgehen lassen.« Reeder gab dem Jungen einen gutgemeinten Klaps auf den Rücken. »Seit wann ist er denn fort?«

»Gegen acht ist er weg, bald nachdem's dunkel geworden ist, der Skipper hat ihn abgeholt.«

»Der Skipper hat ihn abgeholt«, wiederholte Reeder gedankenvoll. »Hast du ihn gesehen, den Skipper?«

»Nein, Sir, er hat gebrüllt, ich soll unter Deck gehen. Ligsey schickt mich immer runter, wenn er was mit dem Skipper zu reden hat.«

Reeder zog eine gelbe Schachtel mit Zigaretten aus der Tasche und zündete sich eine an. »Und was geschah dann?«

»Dann ist Ligsey runtergekommen und hat seine Tasche gepackt und hat gesagt, ich muß die Nacht über allein die Stellung halten, aber ich kann mich ruhig hinlegen. Ich hab Angst gehabt, weil ich allein auf dem Kahn bleiben sollte ...«

Reeder ging schon die Kajütentreppe hinunter zu Ligseys Verschlag. Von dessen Habseligkeiten war auch nicht die kleinste Spur mehr zu entdecken. Sogar die Bettwäsche war abgezogen und weggeräumt worden, das Bettzeug in der Koje zerwühlt.

Auf einer meterlangen Planke, die als Tisch von der Decke hing, lag ein Brief. Er war nicht zugeklebt, und Mr. Reeder hatte keine Hemmungen, den Umschlag aufzumachen und ihn zu lesen. Er war in Druckschrift geschrieben, der einzigen Form der schriftlichen Mitteilung, die Attymar dem Vernehmen nach beherrschte: Lieber Mr. Southers! Wenn Sie an Bord kommen – der Stoff ist im Maschinenraum. Ich muß sehr vorsichtig sein, die Polizei beobachtet mich.

Auf weiteres Befragen erzählte der Schiffsjunge, der Hobbs hieß, daß Ligsey heruntergekommen sei und den Brief dagelassen habe. Reeder ging nach achtern, fand den Zugang zu dem kleinen Maschinenraum unverschlossen vor und stieg in die penetrant riechenden Niederungen hinab, die den Schiffsmotor bargen. Hier hielt sich Attymar offenbar während seiner kurzen Fahrten auf. Über seinem Kopf befand sich eine Signalglocke, und in Reichweite der Bedienungshebel war ein bequemer Sessel festgeschraubt.

Hier unten brauchte er nicht lange zu suchen. In einem offenen Spind fand er ein in Ölpapier eingeschlagenes quadratisches Päckchen; ein Blick auf das Etikett klärte ihn, obgleich er Holländisch nicht verstand, hinlänglich über den Inhalt auf.

Danach nahm er sich noch einmal ausführlich den

Schiffsjungen vor. Es war nicht ungewöhnlich, daß Attymar seinen Maat abholte. Einmal hatte der Junge das Boot gesehen, in dem er gekommen war, ein sehr kleiner Tender, wie er sagte. Er wußte nichts von Mr. Southers, hatte ihn nie auf dem Kahn gesehen, meinte aber, daß manchmal durchaus Besucher an Bord kamen und daß er dann prompt unter Deck geschickt wurde.

Reeder ließ sich in Greenwich an Land setzen und rief Gaylor an. Es war jetzt zwei Uhr morgens, und es war viel geschehen.

»Wir haben diesen Southers festgenommen; er hatte Blut an der Hose. Er gibt zu, daß er heute abend vor Attymars Haus gestanden hat, und tischt uns über den weiteren Verlauf des Abends ein schönes Märchen auf. Heimgekommen ist er erst gegen zwölf.«

»Sonderbar«, bemerkte Reeder – ein Kommentar, der seiner Zurückhaltung wegen Inspektor Gaylor offenbar gegen den Strich bürstete.

»So kann man's auch nennen. Ich finde allerdings, daß wir einen guten Fang gemacht haben«, sagte Gaylor. »Das Beweismaterial reicht aus, um ihn an den Galgen zu bringen. Attymar hat uns auf seinen Rechnungen alle möglichen handschriftlichen Notizen hinterlassen.«

»Erstaunlich«, sagte Reeder. Die jähe Unterbrechung des Gespräches legte den Schluß nahe, daß er aus irgendeinem geheimnisvollen Grund den Mann von Scotland Yard verärgert hatte.

Reeder schickte zusammen mit den Papieren und den Drogen einen kurzen Bericht an Scotland Yard und fuhr mit dem Taxi nach Hause. Es war drei, als er zur Brockley Road kam; er war nicht besonders überrascht, daß seine Haushälterin noch auf war und Anna Welford auf ihn wartete.

Sie war sehr blaß, aber völlig gefaßt. »Sie haben gehört, daß Johnny festgenommen worden ist?« fing sie an.

Reeder nickte. »Ja, ich habe der Polizei die notwendigen Hinweise auf seinen Aufenthaltsort gegeben«, sagte er.

Sie wurde erst rot, dann wieder blaß. »Ich – ja, das mußten Sie wohl tun«, sagte sie stockend. »Aber Sie wissen, daß es nicht stimmt, Mr. Reeder! Sie kennen Johnny doch, er könnte nie ...« Ihre Stimme erstarb.

Reeder schüttelte den Kopf. »Ich kenne Johnny eigentlich gar nicht«, sagte er entschuldigend. »Er ist nicht mehr als – hm – ein Bekannter, Miss Welford. Ich will ihm damit nicht zu nahe treten, denn es liegt auf der Hand, daß es zahlreiche Menschen gibt, die durchaus ehrbare Bürger sind, obgleich sie nicht zu meinem Freundeskreis gehören. Haben Sie ihn vor seiner Verhaftung gesprochen?«

Sie nickte.

»Unmittelbar davor?«

»Eine halbe Stunde davor. Er war sehr enttäuscht. Er hatte wegen dieser Teilhaberschaft jemanden besucht, aber er meinte, man müsse ihn wohl hereingelegt haben, denn der Besuch führte zu nichts. Er hatte mir versprochen, noch bei mir vorbeizukommen, und ich war deswegen länger aufgeblieben. Er ging gerade zu seinem eigenen Haus hinüber, als er verhaftet wurde.«

»Trug er einen blauen oder einen grauen Anzug?«

»Einen blauen«, sagte sie rasch.

Reeder blickte zur Decke.

»Natürlich einen blauen. Sonst – hm ...« Er kratzte sich verärgert am Kinn. »Es war auch eine kalte Nacht. Ich verstehe die Sache erst, wenn ich seine – hm – Hosen gesehen habe.«

Sie schaute ihn verwirrt und ein bißchen ängstlich an. Plötzlich lächelte Mr. Reeder – was er selten tat – und legte ihr freundlich eine Hand auf die Schulter.

»Ich würde mir nicht zu große Sorgen machen«, sagte er und sah sie gütig an. »Sie haben gute Freunde, und Sie werden sehen, daß Mr. Desboyne sich die größte Mühe geben wird, Ihrem Johnny zu helfen.«

Sie schüttelte den Kopf. »Clive mag Johnny nicht.«

»Das glaube ich gern«, antwortete Reeder gutmütig lächelnd. »Aber wenn ich nicht ein ganz schlechter Prophet bin, wird gerade Mr. Desboyne es schaffen, mit dieser – hm – Mißlichkeit fertigzuwerden.«

»Aber wer war der Ermordete? Es kommt mir alles so unwirklich vor. Attymar hieß er? Johnny kannte überhaupt keinen Attymar, jedenfalls hat er mir nie von ihm erzählt. Ich bin wie betäubt, Mr. Reeder, ich kann noch gar nicht begreifen, wie ernst das alles ist. Mir kommt es vor wie ein dummer Streich, den uns jemand gespielt hat. Johnny könnte nie einem Menschen etwas zuleide tun.«

»Bestimmt nicht«, meinte Reeder besänftigend, aber es klang ziemlich nichtssagend.

5

Das geheimnisvolle Gehabe, das Reeders Haushälterin seit seiner Heimkehr an den Tag legte, konnte nur bedeuten, daß sie ihm etwas Wichtiges mitzuteilen hatte. Als er Anna nach Hause gebracht hatte, löste sich endlich das große Rätsel.

»Der junge Herr, der gestern abend hier war«, flüsterte sie. »Ich habe ihn ins Vorzimmer gesetzt.«

»Mr. Desboyne?«

»Ja, so heißt er.« Sie nickte. »Er hat gesagt, daß er sich nicht vom Fleck rührt, bis er mit Ihnen gesprochen hat.«

Wenig später stand Clive Desboyne im Zimmer.

»Ich habe eben erst von Southers' Verhaftung gehört. Aber das ist doch absurd! Und ich habe heute abend so schlecht über ihn geredet! Mr. Reeder, ich zahle Ihnen, was Sie wollen, wenn Sie dem Jungen aus dieser Klemme helfen. Für Anna muß das alles furchtbar sein!«

Reeder zog an seiner langen Nase und bestätigte, daß es recht unerfreulich sei. »Und zwar für alle Beteiligten«, fügte er hinzu.

»Dieser Ligsey soll ja auch tot sein. Wäre es mir nur früher eingefallen, hätte ich Ihnen die Notizen mitgebracht, die ich mir über das Gespräch mit ihm gemacht habe.«

»Ich könnte sie mir ja heute früh bei Ihnen abholen«, sagte Reeder erstaunlich lebhaft.

Desboyne betrachtete ihn einigermaßen konsterniert. Es war, als habe dieser müde Mann mit der Hängelippe und den schläfrigen Augen plötzlich enormen geistigen Auftrieb erhalten.

»Sie haben sich Notizen gemacht?« fragte Reeder. »Von zehn Leuten wäre darauf nicht einer gekommen. Ich habe immer gedacht, daß ich der einzige bin, der so etwas macht.«

Clive Desboyne lachte. »Jetzt halten Sie mich wohl für einen unheimlich systematischen Zeitgenossen. Aber ganz so ist das nicht.« Er warf einen Blick auf seine Armbanduhr. »Es ist wohl zu spät, Sie zum Frühstück zu bitten.«

»Das Frühstück ist mir von allen Mahlzeiten die liebste«, erklärte Reeder aufgeräumt.

So spät es auch geworden war – um neun Uhr morgens stand Reeder vor der glänzenden Mahagonitür des »Memorial Mansions«, Park Lane 974. Desboyne pflegte nicht so früh aus den Federn zu steigen und hatte im übrigen seine Zweifel gehabt, ob der Detektiv sein Versprechen halten würde. Reeder mußte in der Diele warten, während das Mädchen entschwand, um sich zu erkundigen, was sie mit diesem sonderbaren Gentleman anfangen sollte.

Zu langweilen brauchte Reeder sich inzwischen nicht, denn in der geräumigen Diele hingen Fotos, die gewisse Rückschlüsse auf Desboynes umfassendes Interesse für Sport und Theater erlaubten. Einem interessanten Bild – offenbar die Vergrößerung einer Amateuraufnahme –, auf dem im Hintergrund das Unterhaus zu sehen war, widmete Reeder seine besondere Aufmerksamkeit, zumal es auch eine Ecke der Westminster Bridge zeigte, über die Autobusse rollten, und die Themse mit ein paar Schiffen. Er war noch immer in die Betrachtung dieses Bildes vertieft, als Clive Desboyne zu ihm trat.

»Hier zeige ich Ihnen ein Stück Detektivarbeit«, erklärte Reeder triumphierend und deutete auf das Foto. »Ich kann Ihnen fast auf die Woche genau sagen, wann diese Aufnahme gemacht wurde. Sehen Sie diese beiden Busse mit der Reklame für zwei Theaterstücke? Zufällig weiß ich, daß diese Stücke nur in einer Woche gleichzeitig liefen.«

»Ach ja?« Desboyne war offenbar von dieser Deduktion nicht so beeindruckt, wie Mr. Reeder erwartet hatte.

Er ging voraus zum Eßzimmer, und Reeder fand neben seinem Teller drei Bogen Kanzleipapier, die mit handschriftlichen Notizen bedeckt waren.

»Hoffentlich können Sie alles entziffern«, meinte Desboyne. »Es stehen noch ein paar Sachen da, die ich gestern abend vergessen habe zu erzählen. Gerade die sind meiner Meinung nach eine Entlastung für Southers, und ich bin froh, daß ich sie mir notierte. Zum Beispiel sagte Ligsey, er habe Southers noch nie gesehen, sondern kenne ihn nur dem Namen nach. Schon das ist doch recht sonderbar.«

»Sehr«, sagte Reeder. »Aber um noch mal auf das Foto in der Diele zurückzukommen – es muß im Mai letzten Jahres gewesen sein. Ich erinnere mich, daß ich vor ein paar Jahren durch einen glücklichen Zufall nachweisen konnte, daß ein Scheck nicht am Tag des Ausstellungsdatums eingelöst wurde. Der Aussteller hatte bei der Unterschrift eine seiner Initialen vergessen.«

Es war erstaunlich, wieviel Reeder, in der Regel kein geschwätziger Mann, im Laufe des Frühstücks sprach. Meist redete er über Nichtigkeiten. Wenn Clive Desboyne von dem Mord anfing, wich Mr. Reeder geschickt auf weniger unerfreuliche Themen aus.

»Ehrlich gesagt – der Fall interessiert mich nicht sehr«, erklärte er. »Ich gehöre nicht zur – hm – Garde der Mordkommission. Mich hat man nur wegen der Schmuggelgeschäfte hinzugezogen, die Attymar ja offenbar in großem Ausmaß betrieb. Daß Southers in die Geschichte verwickelt ist, bedaure ich natürlich. Er scheint ein netter Junge zu sein, und über Geflügelzucht hat er recht vernünftige Ansichten. Zum Beispiel hat er mir erzählt, daß er einen Brutschrank hat ...«

Nach dem Frühstück bat er darum, die Notizen zu genauerem Studium mitnehmen zu dürfen, womit sein Gastgeber sich gern einverstanden erklärte.

Eine halbe Stunde später stand Reeder vor dem Haus in der Shadwick Lane. Gaylor, mit dem er sich dort verabredet hatte, war noch nicht eingetroffen, dafür konnte Mr. Reeder sich zwei Männer vornehmen, die mehr oder weniger regelmäßig auf Tennys Werft gearbeitet hatten. Der eine hatte das Tor öffnen und schließen und die Lastwagen auf ihre Positionen manövrieren müssen und wurde – wie sein Kollege – gelegentlich auch zum Laden eingesetzt.

In all den langen Jahren hatten sie Attymar nur ganz selten zu Gesicht bekommen. Meist lief er mit einer der Nacht- oder der Frühtiden ein. Ihren Lohn hatte ihnen Ligsey ausgezahlt.

»Verändert hat sich hier nie etwas«, berichtete der eine bekümmert. »Seit ich hier bin, ist nicht ein einziges Mal das Tor gestrichen worden. Offengehalten wird es immer mit dem gleichen kleinen Amboß, der –«

Er sah erst nach rechts, dann nach links. Der kleine Amboß war nicht da. »Komisch«, sagte er.

Auch Mr. Reeder fand das komisch. Wer sollte schon einen rostigen kleinen Amboß stehlen? Die Stelle, an der er gelegen hatte, war deutlich an dem Abdruck im staubigen Boden zu erkennen.

Dann kam Gaylor, der ihm so schnell wie möglich die restlichen Räume des Hauses zeigen wollte. Da gab es eine Küche, einen recht geräumigen, mit einer schweren Tür versehenen Keller und ein Schlafzimmer, das eine hölzerne Zwischenwand in zwei ungleiche Hälften teilte. Das Schlafzimmer war einfach, aber sauber. Es enthielt ein Bett, einen Ankleidetisch mit großem Spiegel und eine leere Kommode. Überhaupt war von Attymars Habseligkeiten nichts zu sehen, wenn man von einem alten Rasierapparat, einem kläglichen Rasierpinsel und sechs bis zur Fadenscheinigkeit verwaschenen Hemden absah. An der Mitte der Decke hing eine Lampe mit opalisierendem Schirm, eine zweite Lampe hing über einem kleinen Sekretär aus Eiche, in dem, wie Gaylor berichtete, der größte Teil der Papiere gefunden worden war. Aber hauptsächlich interessierte sich Mr. Reeder für den Spiegel und für die Fettspur, die von der linken oberen Ecke fast über den ganzen oberen Teil des Spiegels lief. Das Spiegelglas wurde von zwei Mahagonisäulchen gehalten, an jeder Säulenspitze war ein Stück Schnur befestigt.

»Sehr lustig«, ließ sich Reeder wie im Selbstgespräch vernehmen.

»Haha, zweimal kurz gelacht«, sagte Mr. Gaylor grämlich. »Was ist so lustig?«

Statt einer Antwort hob Mr. Reeder die Hand und fuhr mit der Fingerspitze an der Fettspur entlang. Dann begann er suchend im Zimmer herumzugehen; daß das Gesuchte nicht aufzufinden war, schien ihn sichtlich zu enttäuschen.

»Nein, wir haben nichts weggenommen«, beantwortete Gaylor seine Frage. »Außer den Papieren. Kommen Sie, jetzt zeige ich Ihnen etwas wirklich Lustiges.«

Er öffnete eine Tür, die vom Schlafzimmer abging. Sie führte in einen Raum, der wenig größer war als ein Schrank. Wände und Boden wie auch die Rückseite der Tür waren weiß gekachelt. Aus der Decke ragte eine große Brausedüse hervor, und in einer Wand waren zwei Hähne angebracht.

»Was sagen Sie zu diesem Luxus? Dusche, heißes und kaltes Wasser. Da haben Sie nun wirklich was zum Lachen.«

»Zum Lachen finde ich nur Filmdetektive«, erklärte Reeder gemessen. »Gehen Sie manchmal ins Kino, Gaylor?«

Der Inspektor gab zu, daß er es gelegentlich tat.

»Die Detektive der Leinwandlustspiele sehe ich so gern, weil sie immer Riesenvergrößerungsgläser mit sich herumschleppen. Bringen die Sie zum Lachen?«

»Allerdings«, bestätigte Gaylor mit einem abschätzigen Lächeln.

»Dann werden Sie sich jetzt gleich die Seiten halten«, sagte Reeder und holte aus seiner Tasche die größte Leselupe, die Gaylor je gesehen hatte.

Unter dem erstaunten Blick des Kriminalbeamten begann Reeder in altbewährter Manier auf den Knien herumzurutschen und sorgfältig, Zentimeter für Zentimeter, den Fußboden abzusuchen. Hin und wieder hielt er inne, hob etwas für den Mann von Scotland Yard Unsichtbares auf und verstaute es in einem Umschlag, den er ebenfalls aus seiner Tasche hervorgezaubert hatte.

»Zigarrenasche?« erkundigte sich Gaylor ironisch.

»Beinahe«, sagte Reeder.

Er suchte weiter; dann setzte er sich plötzlich auf die Hacken und hob mit blitzenden Augen ein kaum quadratzentimetergroßes Stückchen Silberpapier hoch. Gaylor sah genauer hin.

»Ach, Sie suchen nach einer Zigarette?«

Aber Reeder war für Ironie in diesem Augenblick nicht empfänglich. In dem Silberpapier befand sich ein Fetzchen Zellophanpapier; es war so dünn, daß es aussah wie untrennbar mit der Trägerfolie verbunden. Behutsam trennte er die beiden Schichten, strich über die Oberfläche und betrachtete seine Fingerspitzen.

»Wo ist der Kamin?« fragte er unvermittelt.

»In der Küche ist einer. Der einzige im Haus.«

Reeder eilte die Treppe hinunter und sah sich in der kleinen Küche um. Auf dem Rost lag Asche, aber was hier gebrannt hatte, war nicht mehr festzustellen.

»Darf ich Sie darauf aufmerksam machen, daß Sie sich

völlig umsonst bemühen«, sagte Gaylor. »In dem Tagebuch steht genug, um Southers doppelt und dreifach zu hängen. Im übrigen sind Sie mir unheimlich, wenn Sie Überflüssiges tun.«

»In dem Tagebuch?« Reeder sah auf.

»Ja, Attymars Tagebuch.«

»Er hat also Tagebuch geführt?« fragte Reeder deutlich belustigt. »Das hätte ich mir denken können – wenn ich je darüber nachgedacht hätte.«

Dann runzelte er die Stirn. »Natürlich kein richtiges Tagebuch, was? Ein Schreibheft. Das – warten Sie – vor etwa zwei, drei Wochen beginnt?«

Gaylor starrte ihn verblüfft an. »Mason hat es Ihnen also schon erzählt?«

»Nein, er hat mir überhaupt nichts erzählt, weil er nämlich gar nicht mit mir gesprochen hat. Aber es liegt auf der Hand, daß es ein Schreibheft oder so was sein mußte. Ein Tagebuch mit vorgedruckten Daten, das am 1. Januar beginnt, wäre undenkbar gewesen. Der Fall wird allmählich so faszinierend, daß ich kaum mehr aufhören kann zu lachen.«

Aber er lachte nicht, im Gegenteil, er war sehr ernst, als er auf dem unordentlichen Hof vor dem kleinen Haus stand und seinen scharfen Blick über den mit Abfällen bedeckten Boden streifen ließ.

»Keine Spur von dem Tender, der Ligsey hergebracht hat, was? Die Informationen des Jungen auf dem Kahn waren besser, als er selbst ahnte. Ich will Ihnen sagen, wonach ich suche: Nach einem schwarzen Motorboot in der Form eines Kanus, in dem zur Not drei Leute sitzen könnten. Merken Sie sich das gut: Ein kanuförmiges Boot, sagen wir, um die drei Meter lang.«

»Und wo finde ich das?« fragte Gaylor fasziniert.

»Am Boden der Themse«, erwiderte Reeder ungerührt. »Und darin oder ganz in der Nähe finden Sie den kleinen Amboß, der das Tor offengehalten hat.«

Reeder hatte eine sehr umfassende Kenntnis vom Verbrechertum, umfassender vielleicht als der Durchschnittspolizist, dessen Möglichkeiten durch das Gebiet, auf dem er operiert, eingeengt sind. Und er wußte, daß die Verbrechensverfolgung zum Erliegen kommen würde, wenn es so etwas wie den perfekten Kriminellen gäbe. Gerechterweise hat das Schicksal es so eingerichtet, daß Menschen, die von der Umgehung der Gesetze leben, jener achte Sinn fehlt, der sie – sofern er fehlerfrei funktionierte – vor dem Zugriff der Polizei bewahren würde.

Ehe er ging, machte er noch einen weiteren Rundgang durchs Haus und wies Gaylor auf etwas hin, was jener bereits bemerkt hatte, nämlich die Blutflecken auf dem Boden und an der Wand eines kleinen Vorraums zwischen Wohnzimmer und Hof.

»Natürlich sind mir die aufgefallen«, sagte Gaylor, der etwas zur Selbstgefälligkeit neigte. »Ich sehe das so, daß der Kampf im Wohnzimmer begonnen hat, kämpfend haben sie sich dann gegenseitig in den Vorraum gedrängt –«

»Unmöglich«, bemerkte Reeder halblaut.

6

John Southers erschien zu einem kurzen Haftprüfungstermin vor dem Polizeigericht – benommen, ratlos und so überwältigt von seiner Lage, daß er nur eben die Fragen des Gerichtsbeamten beantworten konnte.

Am gleichen Vormittag hatte Gaylor mit ihm gesprochen.

»Er hat nur gesagt, daß er bei Attymar war – ja, das gibt er zu –, weil er sich dort mit ihm verabredet hatte. Angeblich hat Attymar ihn eine Weile warten lassen und ihn dann nur in den Vorraum gebeten. Er erzählt eine wirre Geschichte, wie Attymar ihn nach Highgate geschickt hat, wo er sich mit einem Mann treffen sollte. Wieder mal der große Unbekannte.«

Reeder nickte. Jener geheimnisvolle Fremde, der in den Aussagen aller Verhafteten vorkommt, war ihm vertraut. Manchmal war es ein Mann, der dem Gefangenen das bei ihm gefundene Diebesgut gegeben hatte; manchmal war es der Mann, der einen anderen gebeten hatte, einen gefälschten Scheck einzulösen. Aber immer war es der große Unbekannte, dem man nie auf die Spur kam. Die Arbeit der Kriminalpolizei bestand zu fünfzig Prozent aus der geduldigen Suche nach Männern, die es nur in der Phantasie der Untersuchungsgefangenen gab.

»Hat er ihn gesehen?« fragte Reeder.

Gaylor lachte. »Was für eine Frage, mein Lieber.«

Reeder streichelte sein knochiges Kinn. »Wäre es möglich, einen kleinen – hm – Schwatz mit unserem Freund Southers zu halten?«

Gaylor bezweifelte das; er hatte seine Gründe dafür. Polizeichef Mason und die hohen Beamten im Präsidium litten zur Zeit mal wieder unter einer der Wellen der Kritik, die in regelmäßigen Abständen über Scotland Yard hinwegschwappen. Ihr neuestes Vergehen war, einen Mann ins Kreuzverhör genommen zu haben, der unter dem Verdacht stand, eine schwere Straftat begangen zu haben. Es hatte Anfragen im Parlament gegeben, um ein Haar wäre ein Untersuchungsausschuß gebildet worden.

»Das glaube ich kaum«, sagte Gaylor. »Der Chef ist wegen dieser Hanny-Geschichte ziemlich wütend, und nachdem der ganze Wirbel von Ihrer Behörde ausgegangen ist, wird man schwerlich bereit sein, eine Ausnahme zu machen. Ich werde Mason mal fragen und sage Ihnen dann Bescheid.«

Reeder war nachmittags, als Anna Welford ihn aufsuchte, zu Hause. Sie war erstaunlich gefaßt. Mr. Reeder, der etwas gezögert hatte, sie zu empfangen, war sichtlich erleichtert.

»Haben Sie Johnny gesprochen?« war ihre erste Frage.

Reeder schüttelte den Kopf und erläuterte, daß er streng genommen mit dem Fall nicht befaßt war und man bei der Polizei Einmischungen nicht schätzte.

Sie ließ ihn ruhig ausreden. »Clive war bei mir«, meinte sie dann, »und hat mir alles gesagt. Es nimmt ihn sehr mit.«

»Er hat Ihnen alles gesagt?« wiederholte Reeder.

Sie nickte. »Die Sache mit Ligsey und die Geschichte, die Clive Ihnen erzählt hat. Irgendwie hab ich schon Verständnis für ihn. Er tut für Johnny, was er kann, er hat ihm schon einen Anwalt besorgt.«

Zum zweiten Mal deutete Mr. Reeder einladend auf einen Sessel; als sie Platz genommen hatte, setzte er seinen rastlosen Gang durchs Zimmer fort.

»Wenn an dieser Geschichte etwas Wahres wäre, müßte Ihr Johnny recht gut betucht sein«, sagte er. »Der Lohn der Sünde ist in der Regel – hm – kein Pappenstiel. Aber von seinem Vater habe ich heute vormittag erfahren, daß das Bankkonto von Mr. Southers junior nicht auffallend hoch ist.«

Er sah, wie sie die Augen niederschlug, und hörte ihren raschen, leisen Seufzer.

»Sie haben das Geld gefunden«, sagte sie gepreßt. »Ich dachte, Sie wüßten es.«

Reeder blieb stehen und warf ihr einen scharfen Blick zu. »Sie haben das Geld gefunden?«

Sie nickte. »Die Polizei hat vor einer Stunde das Grundstück durchsucht. Sie haben im Werkzeugschuppen einen Karton gefunden. Mit Hunderten von Pfund, alles in Scheinen.«

Reeder pfiff nicht häufig. Jetzt pfiff er. »Weiß Mr. Desboyne das?« fragte er.

Sie schüttelte den Kopf. »Clive weiß es noch nicht. Als es passierte, war er schon weg. Er war furchtbar nett. Übrigens hat er mir etwas gestanden, das nicht gerade schmeichelhaft für mich ist.«

Reeder zwinkerte ihr zu.

»Daß er – hm – mit einer anderen verlobt ist?« meinte er. Sie sah ihn verblüfft an.

»Wußten Sie das?«

»So was soll schon vorgekommen sein«, sagte Mr. Reeder mit ernstem Gesicht.

»Ich war sehr froh«, fuhr sie fort. »Damit sind –« Sie zögerte. »Damit sind die privaten Unstimmigkeiten aus der Welt geschafft. Was er gesagt und getan hat, tut ihm ehrlich leid. Daß Johnny so in der Klemme steckt, hat ihn sehr erschüttert. Clive ist der Meinung, daß dieser Ligsey den Mord begangen hat.«

»Interessant«, sagte Reeder. Er sah auf sie hinunter und machte nachdenklich schmale Lippen. »Die – hm – Polizei ist eher der Ansicht, daß Mr. Ligsey tot ist«, sagte er leicht gereizt, als nehme er der Polizei die Entwicklung irgendwelcher Theorien geradezu übel. »Mausetot – hm – ermordet, sozusagen.«

Es gab eine lange Pause. Er wußte instinktiv, daß sie gekommen war, um ihn um etwas zu bitten, aber erst als sie sich zum Gehen anschickte, verriet sie, was sie auf dem Herzen hatte.

»Clive wollte eigentlich selber zu Ihnen kommen, um Ihnen einen Vorschlag zu machen. Er glaubt, daß Sie offiziell nicht mit dem Fall befaßt sind, und er hält große Stücke auf Ihre Fähigkeiten, Mr. Reeder, und ich natürlich auch. Wäre es – könnten Sie nicht den Fall übernehmen? Auf Johnnys Seite, meine ich ... Vielleicht ist es albern von mir, aber ich greife im Augenblick einfach nach jedem Strohhalm.«

Reeder sah aus dem Fenster und bewegte leicht den Kopf von einer Seite zur anderen.

»Leider nein«, sagte er. »Das geht wirklich nicht. Es ist die Polizei, die auf der Seite Ihres – hm – Freundes ist. Falls er unschuldig ist, stehe ich selbstverständlich mit ihr auf seiner Seite. Sehen Sie, meine Liebe, wenn wir die Schuld eines Menschen beweisen, beweisen wir gleichzeitig die Unschuld der anderen.«

Es war eine lange Rede für Reeder, und er war noch nicht ganz fertig. Er hatte die Hände in den Taschen vergraben und die Augen halb geschlossen, sein Körper schwang sacht hin und her.

»Überlegen wir einmal … Wenn Ligsey nun noch am Leben wäre? Ein sehr dummer, beschränkter junger Mann. Vieles von dem, was sich in den letzten vierundzwanzig Stunden ereignet hat, ist ihm, so würde ich denken, schwerlich – hm – zuzutrauen.«

Als Anna fort war, begab er sich zur Familie Southers und sprach noch einmal mit Johnnys Vater. Der alte Mann ertrug seinen Kummer erstaunlich tapfer. Vorherrschende Gemütsbewegung war bei ihm eine lautstarke Wut auf diejenigen, die es wagten, seinen Sohn zu beschuldigen.

Er führte Reeder zu dem Werkzeugschuppen auf dem Hof und zeigte dem Detektiv genau, wo der Karton versteckt gewesen war.

»Ich selber betrete den Schuppen nie. Das ist Johnnys Reich«, sagte er. »Der Junge gärtnert gern und hat, wie Sie, Mr. Reeder, eine Schwäche für Hühner.«

»Ist der Schuppen normalerweise verschlossen?«

»Nein, ich habe noch nie erlebt, daß er abgeschlossen war«, sagte der alte Southers.

Man hatte die Kiste am hinteren Ende des Schuppens hinter einem Sack mit Hühnerfutter gefunden.

Reeder sah sich kurz im Garten um, einem länglichen Grundstück von etwa hundert mal zweihundert Meter. Am hinteren Ende bildete eine Mauer die Grenze zum Nachbargarten. In den Garten gelangte man entweder durch eine Tür, die von einem kleinen Gewächshaus nach draußen führte, oder über einen schmalen Kiespfad, der an einer Seite des Hauses entlanglief und mit einer kleinen Pforte versehen war.

»Aber die ist selten abgeschlossen«, erläuterte Southers. »Wir lassen sie für den Milchmann offen, er kommt morgens auf diesem Weg in die Küche.«

Reeder kehrte in den Garten zurück und ging langsam über den gekiesten Weg, der zwischen zwei großen Blumenbeeten entlanglief. Weiter hinten befand sich ein mit Maschendraht abgegrenzter Hühnerauslauf. Mr. Reeder besah sich die Beete gedankenvoll.

»Im Garten ist nicht gegraben worden?« erkundigte er sich. Als Southers die Frage verneinte, fuhr er fort: »Dann würde ich an Ihrer Stelle auf eigene Faust ein bißchen graben, Mr. Southers, und ob Sie der Polizei erzählen, was Sie gefunden haben, oder nicht, ist eine Entscheidung, die Sie allein mit Ihrem Gewissen abzumachen haben.«

Er sah lange Zeit zum Himmel auf, als erwarte er, dort ein Flugzeug zu sehen, dann sagte er:

»Wenn es sich mit Ihrem – hm – Gewissen vereinbaren läßt, nichts von dem zu sagen, was Sie dort finden, und wenn Sie es an einen sicheren Platz verbringen würden, wo die Gefahr einer Entdeckung ausgeschlossen wäre, könnte das für Ihren Sohn in absehbarer Zukunft von Vorteil sein.«

Southers blieb ziemlich aufgeregt und verwirrt zurück, nachdem Mr. Reeder sich von ihm verabschiedet hatte. Dieser sollte sehr bald erfahren, daß die Fesseln, die man ihm im Mordfall Attymar angelegt hatte, nicht etwa gelockert, sondern noch verstärkt worden waren, und er empfand eine leise, aber boshafte Freude bei dem Gedanken, daß er zumindest in einem Punkt der Polizei die Arbeit etwas erschwert hatte.

Es war Gaylor, der die Nachricht brachte.

»Ich habe mit dem Chef wegen Ihres Besuches bei Southers in Brixton gesprochen, aber er meint, es ist am besten, wenn Sie sich bis zur Prüfung der Zeugen aus dem Fall heraushalten.«

Reeders Aufgabe bei der Staatsanwaltschaft bestand darin, Zeugen vor ihrem Auftreten beim Prozeß zu vernehmen, um die Stärken oder Schwächen ihrer Aussagen zu überprüfen; er war in dieser Eigenschaft schon tätig gewesen, ehe er dieser Stelle endgültig und ganz offiziell zugeordnet worden war.

»Wenn Sie allerdings zufällig irgendwas aufschnappen«, fuhr Gaylor fort, »würden wir uns freuen, wenn Sie uns informieren.«

»Selbstverständlich«, sagte Reeder.

»Es kann ja sein, daß sich ganz nebenbei was ergibt. Sie kennen diese Leute persönlich, sie wohnen in Ihrer Straße. Und ich glaube, Sie kennen auch die junge Dame, mit der Southers verlobt ist?«

Reeder neigte bestätigend den Kopf.

»Noch eins, Mr. Reeder.« Gaylor war offensichtlich nicht ganz wohl in seiner Haut, nachdem er die Unterstützung seines Kollegen so summarisch abgelehnt hatte. »Sollten Sie etwas von Ligsey hören ...«

»Eine Stimme aus dem Grab«, warf Reeder dazwischen.

»Man munkelt, daß er gar nicht tot ist. Hobbs, der Schiffsjunge, behauptet, Ligsey sei in der vergangenen Nacht mit einem Boot längsseits gekommen und habe ihm nahegelegt, über das, was er gesehen und gehört hat, den Mund zu halten. Ich persönlich bin der Meinung, daß der Junge geträumt hat, aber ein Kumpel von Ligsey sagt auch, er hätte ihn gesehen oder gehört, ich weiß nicht mehr genau, was. In dieser Richtung könnten Sie mal ein bißchen ermitteln, wenn es Ihnen Spaß macht.«

»Ermitteln macht mir keinen Spaß«, erklärte Reeder gemessen. »Es langweilt mich. Es ermüdet mich. Es bringt mir ein – hm – gewisses Einkommen, aber Spaß macht es mir nicht.«

»Na ja, wenn es Sie interessiert«, sagte der Kriminalbeamte verlegen, »könnten Sie sich mal darum kümmern.«

»Ich denke nicht daran, mich um irgendwas zu kümmern, denn das bedeutet Arbeit, und ich liebe die Arbeit nicht.«

Doch damit erlaubte er sich wohl eine leichte Abweichung von der Wahrheit.

Den Nachmittag verbrachte er in jener Gegend, die Ligsey am besten kannte. Er redete mit Kraftfahrern und Botenjungen und kleinen alten Frauen in winzigen, unrentablen Läden, und das Ergebnis all seiner diskreten Erkundigungen war, daß er einen Besuch in der Little Calais Street machte. Dort wohnte eine reizlose junge Dame, die sich zur Zeit einer gewissen gesellschaftlichen Anerkennung erfreute (ihr Bild prangte am nächsten Morgen in allen Zeitungen), weil sie mit dem Vermißten verlobt gewesen war. Sie war, um genau zu sein, seit fast einem Jahr mit ihm – allerdings nicht nur mit ihm – »gegangen«.

Miss Rosie Loop ließ keine romantischen Vorstellungen aufkommen. Sie war klein, ziemlich dick, hatte schlechte Zähne und ein rotes Gesicht. Aber im Augenblick war sie eine wichtige Persönlichkeit und hätte möglicherweise gar nicht mit Mr. Reeder gesprochen, wenn sie ihn nicht irrtümlich für einen Reporter gehalten hätte.

»Wen soll ich melden?« fragte ihre schlampige Mutter, die zur Tür gekommen war.

»Den Chefredakteur der *Times*«, sagte Reeder prompt.

In der muffigen kleinen Küche, wo die trauernde Verlobte Marmeladenbrote aß, wurde Mr. Reeder ein sauberer Holzsessel zugeschoben, und er setzte sich, um sich von der aufregenden Begebenheit der vergangenen Nacht berichten zu lassen.

»Ich hab's der Presse noch nicht erzählt«, sagte Rosie, die für ein von der Natur auf tiefere Töne angelegtes Menschenkind eine erstaunlich schrille Stimme hatte. »In der Nacht war er plötzlich da. Ich schlaf oben bei der Mama, und wenn er vor der Bucht ankert, ist er immer an Land gekommen, egal, wie spät es war, und hat Steine an die Scheibe geworfen, damit ich weiß, daß er da ist. Gestern war's halb drei, und ich hab mich ganz schön erschreckt, das kann ich Ihnen sagen.«

»Er hat Steine an die Scheibe geworfen, damit Sie wissen, daß er da ist?« vergewisserte sich Reeder.

Sie nickte heftig.

»Und war es Mr. Ligsey?«

»Jawohl, er war's«, erklärte sie dramatisch. »Erst hab ich nicht ans Fenster gehen wollen, aber die Mama hat gesagt: ›Sei keine Gans, ein Gespenst kann dir nichts tun!‹, und dann hab ich die Scheibe hochgeschoben, und da hat er gestanden, in seinem alten Ölzeug. Ich frag ihn, wo er gewesen ist, aber er hat's eilig gehabt. Ich soll mir keine Sorgen machen, hat er gesagt, es ist alles in Ordnung.«

»Wie sah er aus?«

Sie schüttelte ungeduldig den Kopf. »Ich sag Ihnen doch, es war mitten in der Nacht. ›Mach dir keine Sorgen‹, hat er gesagt, und weg war er.«

»Und Sie sind wieder in die Federn gekrochen, ja?« sagte Mr. Reeder freundlich. »Er war nicht zufällig ein bißchen erkältet?«

Sie sperrte den Mund auf. »Haben Sie ihn gesehen? Wo ist er?«

»Ich habe ihn nicht gesehen. War er erkältet?«

»Ja, das stimmt«, gab sie zu. »Aber das wären Sie auch, wenn Sie Tag und Nacht auf dem Fluß rumgondeln müßten. Gräßlich, dieses Leben, hoffentlich gibt er's jetzt auf. Bestimmt kriegt er 'n bißchen was, wenn er sich meldet und der Polizei die Wahrheit sagt. Und ich hab gedacht, er ist tot. Zu komisch. Wir hatten schon Trauerzeug gekauft, stimmt's, Mama?«

Die Mama gab eine heisere Bestätigung.

»Und in allen Zeitungen hat's gestanden, daß er tot ist, und den Fluß haben sie nach ihm abgesucht, und nach diesem Käpt'n Attymar auch. Wie einen Hund hat der Ligsey behandelt.«

»Er hat Ihnen nicht geschrieben?«

Sie schüttelte den Kopf. »Mit dem Schreiben hat er's noch nie gehabt.«

»Um welche Zeit, sagten Sie, war das?«

Sie wußte es ganz genau, denn sie hatte von der Kirche in Greenwich die halbe Stunde schlagen hören.

Mag sein, daß das Ermitteln Reeder langweilte, aber zumindest schien ihm die Langeweile eine gewisse Befriedigung zu gewähren.

Die »Allanuna« lag noch immer vor Greenwich, und er ließ sich von einem Boot zu ihr bringen. Der unglückliche Hobbs war noch an Bord, und nicht einmal die Tatsache, daß er jetzt Alleinherrscher dort war, tröstete ihn über die Einsamkeit hinweg, obgleich die Polizei ihn offenbar mit Proviant versorgt und versprochen hatte, ihn heute abend ablösen zu lassen.

Er blieb ganz fest, was Ligseys Besuch anlangte. Ligsey war mit einem Ruderboot längsseits gekommen und hatte dem Jungen gepfiffen, das Pfeifen hatte ihn geweckt. Im Schutz der Kajütentreppe hatte er, Hobbs, nach oben gespäht, und da hatte Ligsey in dem Boot gesessen, einen breiten weißen Verband um den Kopf. Von einem weißen Verband hatte Miss Rosie nichts gesagt, aber als Reeder auf dem Heimweg noch einmal bei ihr vorbeiging, holte er sich die Bestätigung.

»Ja, das hab ich vergessen«, sagte Rosie. »Ich hab den Verband unter seinem Hut gesehen. Was hast du da Weißes um den Kopf, sag ich. Daß ich das vergessen konnte ...«

Der Form halber notierte Mr. Reeder sich, nachdem er an diesem Abend heimgekommen war, in groben Zügen die Ereignisse.

In der Tatnacht war Attymar kurz nach acht in einem Boot erschienen, hatte Ligsey abgeholt und war mit ihm in Richtung London gefahren. Um halb zehn hatte Johnny Southers sich bei Attymar eingestellt, der ihn nach seiner Aussage auf einen vergeblichen Gang nach Highgate geschickt hatte. Etwas nach elf Uhr war der Mord entdeckt worden ...

Reeder legte den Stift aus der Hand und runzelte die Stirn.

»Ich werde alt und trottelig«, sagte er, griff zum Telefon

und wählte eine Nummer, unter der, wie er wußte, Gaylor um diese Zeit bestimmt zu erreichen war.

Gaylors Vorzimmer meldete sich, und etwa vier Minuten später war Gaylor selbst am Apparat.

»Haben Sie etwas herausbekommen, Mr. Reeder?«

»Ich habe herausbekommen, daß ich an leichter Gehirnerweichung leide«, erwiderte Reeder freundlich. »Wissen Sie eigentlich, daß ich Sie gar nicht gefragt habe, wie der Mord entdeckt worden ist?«

Er hörte Gaylor lachen.

»Habe ich Ihnen das nicht erzählt? Es war sehr einfach. Ein Polizist sah auf seinem Streifengang, daß die kleine Pforte neben dem Tor offenstand, sah die Laterne auf dem Boden und die andere Laterne im Vorraum des Hauses ... Was ist denn los?«

Reeder lachte.

»Entschuldigen Sie«, sagte er, als er sich wieder gefaßt hatte. »Aber eine Alarmanlage hat nicht geheult, nein?«

»Nein. Ich weiß nicht einmal, ob er eine hat.«

Reeder wechselte noch ein paar nichtssagende Worte mit dem Beamten, leugnete, daß er in Sachen Ligsey ermittelte, legte auf und lehnte sich, die Hände über dem Bauch gefaltet, mit amüsierter Miene in seinem Sessel zurück.

Später erschien der Anwalt, der als Verteidiger für Johnny Southers bestellt worden war. Auch er fragte, ob Reeder sich nicht entschließen könne, seine Dienste der Verteidigung zur Verfügung zu stellen, aber auch ihm schlug er diese Bitte ab.

Er griff zum Telefonbuch und schlug Desboynes Nummer nach, der bei seinem Anruf selbst am Apparat war.

»So ein Zufall, ich wollte Sie auch gerade anrufen«, sagte Desboyne. »Haben Sie den Fall übernommen?«

»Ich schwanke noch«, sagte Reeder. »Ehe ich mich endgültig entscheide, würde ich gern noch einmal mit Ihnen sprechen. Könnte ich heute abend gegen neun bei Ihnen vorbeikommen?«

Es gab eine kleine Pause. »Gewiß. Ich wollte ausgehen, aber ich werde auf Sie warten.«

Nach diesem Anruf lehnte Reeder sich wieder in seinen Sessel zurück, aber diesmal lächelte er nicht; er war leicht verwundert. Vielleicht dachte er an Desboyne, möglicherweise war er beeindruckt von der Großzügigkeit dieses Mannes, der bereit war, mit einem beträchtlichen Teil seines Vermögens die Unschuld eines Mannes zu beweisen, den er nicht leiden konnte.

Aber wie immer die Gedankenströme flossen – schneller oder langsamer, in Seitenarmen versickernd oder sich mit anderen Zuflüssen vereinigend, sie alle mündeten in ein gemeinsames, geheimnisvolles Ziel.

»Frühjahrsputz – ja, das ist die Lösung«, sagte Reeder, als er sich aus seinem Sessel erhob.

7

Reeder verbrachte den Rest des Nachmittags im Londoner Westend mit dem Besuch einer Reihe von Theateragenten. Etliche waren höchst bedeutende Persönlichkeiten, die ihn in nußbaumgetäfelten Büros empfingen, andere residierten in schmuddeligen Büros im dritten Stock, mit einem – dem wichtigsten von allen – traf er sich an der Bar eines Pubs in der St. Martin's Lane. Es war ein dicker, heruntergekommener Mann mit Pelzkragen und ausgefransten Manschetten, ein halb verblödeter Gewohnheitstrinker, der keine Klienten, dafür um so mehr Erinnerungen und, wie er stolz erklärte, die »beste Sammlung alter Theaterprogramme in ganz London« besaß.

Reeder, ein guter Zuhörer und sehr geduldiger Mensch, ließ sich ausführlich von der früheren Größe des Agenten erzählen und hörte sich an, um wieviel Provision prominente Künstler ihn betrogen hatten. Schließlich begleitete er seinen trinkfreudigen Gesprächspartner in das möblierte Zimmer, das dieser in einer Querstraße der Waterloo Road bewohnte, und vertiefte sich von sieben bis acht in Stöße zerfledderten Schrifttums.

Reeder aß in einem Restaurant im Strand und fuhr dann zur Park Lane. Während der Aufzug ihn zu Desboynes Wohnung hinauftrug, sagte er halblaut vor sich hin: »Frühjahrsputz. Da gehe ich jede Wette ein.«

Er klingelte an der Wohnungstür und wartete. Gleich darauf hörte er Schritte hohl in der Diele klingen. Clive Desboyne öffnete mit einem entschuldigenden Lächeln.

»Es stört Sie hoffentlich nicht, daß hier alles drunter und drüber geht. Bei mir ist der Frühjahrsputz in vollem Gange. Ich wäre heute verreist, wenn diese schlimme Geschichte nicht dazwischengekommen wäre.«

In der Diele war der Teppich zusammengerollt worden, die Bilder waren von den Wänden verschwunden, und der Kristallüster war nur schemenhaft durch eine Gazehülle zu erkennen. Nur Clive Desboynes Arbeitszimmer hatten die Putzgeschwader unberührt gelassen.

»Morgen ziehe ich in ein Hotel, voraussichtlich ins ›Ritz-Carlton‹, aber wenn Sie mich dringend brauchen, können Sie den Kontakt jederzeit auch über meine Anwälte herstellen. Sagen Sie, Mr. Reeder, Sie werden doch Anna und mir den Gefallen tun?«

Reeder schüttelte matt den Kopf.

»Sie müssen es tun«, beharrte Desboyne. »Sie sind der einzige Detektiv in ganz London, zu dem ich Vertrauen habe. Ich weiß, daß Sie mit der Staatsanwaltschaft zusammenarbeiten, aber auch ich habe mich ein bißchen umgehört, und ich weiß, daß Sie auch Aufträge von außen annehmen.«

»Von Banken«, sagte Reeder ehrfurchtsvoll. »Nicht von Privatpersonen. Das wollen Sie bitte zur Kenntnis nehmen.«

»Ich lasse nicht locker.« Clive war sehr ernst geworden. »Ich habe Anna alles erzählt. Wie gemein ich mich Southers gegenüber betragen habe, meine ich. Ehrlich gesagt glaube ich noch immer, daß Ligseys Geschichte stimmte und Southers sich tatsächlich eine kleine Nebeneinnahme verschafft hat. Viele anständige Leute, die sich sonst strikt an die Gesetze halten, tun so was, und ich verurteile ihn deswegen nicht. Wenn ich behauptet habe, ich sei erfüllt von – wie sagt man, wenn man schockiert ist?«

»Entsetzen? Abscheu?« schlug Reeder vor.

»Na egal. Jedenfalls war das geheuchelt. Ich bin selbst nicht immer reich gewesen, ich weiß, wie es ist, arm zu sein. Hätte ich nicht als ganz junger Mann erfolgreich spekuliert, wäre ich wahrscheinlich schlimmer dran als Southers.«

»Sie haben eine Schwäche für die junge Dame?«

Wieder lachte Desboyne.

»Das kann man wohl sagen. Die Tatsache, daß jemand mit einem anderen Mädchen verlobt ist – übrigens das süßeste Wesen auf dieser Welt –, bewahrt ihn nicht vor einem gelegentlichen Seitensprung. Ziemlich niederträchtig, ich weiß, und ich bin schon ganz schön in die Klemme geraten, aber ich habe Anna nach wie vor sehr gern. Ich will nicht sagen, daß ich sie liebe wie ein Bruder, denn ich mag nicht mehr heucheln. Ich will versuchen, Southers aus seinen Schwierigkeiten herauszuhelfen, aber das bedeutet nun nicht, daß ich *ihn* liebe wie einen Bruder. Wenn Sie mir nicht sagen wollten, daß Sie bereit sind, den Fall zu übernehmen – weshalb wollten Sie mich sprechen, Mr. Reeder?«

Reeder hatte sich davon überzeugen wollen, daß bei Clive Desboyne tatsächlich der große Frühjahrsputz ausgebrochen war, aber das konnte er ihm nicht erzählen. Aber er hatte einen guten Vorwand für seinen Besuch. Allem Anschein nach sei Ligsey am Leben, erläuterte er. Clive Desboyne ließ diese Mitteilung kalt.

»Ich habe mir nicht den Kopf darüber zerbrochen, ob er lebt oder tot ist«, sagte er offen. »Ich weiß ja nicht, welche

Theorie die Polizei hat, aber nach den Zeitungsberichten hatte ich den Eindruck, daß sie sich auf den Mord an Attymar konzentriert, und der wird ja auch John Southers zur Last gelegt. Selbst wenn Ligsey lebt, werde ich ihn wohl kaum zu Gesicht bekommen. Es sei denn, er leitet, wie so viele dieser Ganoven, aus der Tatsache, daß ich ihm einmal Geld gegeben habe, gleich einen Pensionsanspruch ab. Sollte er sich melden, gebe ich Ihnen Bescheid.«

Als sie wieder in der Diele standen, streifte Reeders Blick über die leeren Wände.

»Sie lassen neu streichen, Mr. Desboyne?« fragte er. »Die augenblickliche Farbe ist ein zarter Cremeton. Ich an Ihrer Stelle würde Grün wählen. Grün wirkt beruhigend. Aber möglicherweise sind meine Ansichten – hm – provinziell.«

»Den Eindruck habe ich allerdings«, gab Desboyne mit gutmütigem Spott zurück.

Reeder hatte sich für zehn Uhr mit dem trinkfreudigen Theateragenten verabredet. Der Agent wollte ihm gewisse Fotos besorgen und hatte versprochen, ihn um diese Zeit Ecke St. Martin's Lane zu erwarten. Mr. Reeder war an Ort und Stelle, als die Glocken von St. Martin zehn schlugen, aber Billy Gurther war weit und breit nicht zu sehen. Als er um halb elf immer noch nicht gekommen war, beschloß Mr. Reeder, ihn zu Hause aufzusuchen, da ihm sehr viel daran lag, seine Akte zu vervollständigen.

Gurthers Zimmerwirtin empfing ihn mit einer ebenso erstaunlichen wie befremdlichen Geschichte. Reeder war kaum gegangen – sie hatte ihn weggehen sehen –, als ein Bote eingetroffen war und Billy ebenfalls das Haus verlassen hatte. Eine halbe Stunde später war er, sehr redselig und aufgeregt, wiedergekommen. Er hatte einen Auftrag: In Spanien sollte er Nachtklubnummern zusammenstellen. Kurz nach neun ging sein Zug, er würde die ganze Nacht durchfahren müssen, um am nächsten Morgen den »Sud-Express« zu erwischen. Mit Geld war er reichlich versehen gewesen.

»Er war so aufgeregt, daß er fast nüchtern war«, sagte die gefühllose Zimmerwirtin.

Die überstürzte Abreise eines obskuren Varietétheateragenten, von dessen Existenz er bis zu diesem Nachmittag nichts gewußt hatte, ging Mr. Reeder nicht weiter zu Herzen. Es waren die Begleitumstände dieser Abreise – die Eile und vor allem die Hintergründe des plötzlichen Aufbruchs –, die ihn hellhörig und wachsam werden ließen. Er wußte, daß er bei Scotland Yard nicht unbedingt *persona grata* war, aber derlei Kleinigkeiten kümmerten Reeder wenig. Er begab sich unverzüglich zu dem großen Bürogebäude am Themseufer und erbat, nein, verlangte eine Unterredung mit dem Polizeipräsidenten, der, als Reeder eintraf, von Rechts wegen zu Hause im Bett hätte liegen müssen, statt dessen aber mit seinen fünf engsten Mitarbeitern zusammensaß.

Die erste Reaktion war kalt und wenig vielversprechend. Er möge bitte morgen früh noch einmal vorbeikommen. Es war Gaylor, den man aus der Besprechung geschickt hatte, um diese Nachricht zu übermitteln.

»Gehen Sie wieder hinein zu Ihrem Chef, Mr. Gaylor«, sagte Reeder scharf, »und richten Sie ihm aus, daß ich ihn noch heute abend sprechen möchte. Sofort. Wenn ich gezwungen bin, bis morgen früh zu warten, sprechen wir uns im Innenministerium.«

Das war eine Drohung, und niemand wußte das besser als Gaylor. Das genaue Ausmaß von Reeders Macht war unbekannt. Eins war sicher: Er konnte sehr unangenehm werden, und die Konsequenzen seines Mißfallens konnten Karrieren zum Wackeln bringen.

Gaylor verschwand eilig, tauchte gleich darauf wieder auf und bat Reeder zu der Besprechung. Da saß er nun, entwikkelte unaufgefordert eine Theorie und legte zum Beweis seiner phantastischen Ideen größere Mengen schmuddeliger Literatur auf den Tisch.

»Wir können Gurther in Southampton festhalten«, meinte Gaylor, aber Reeder schüttelte den Kopf.

»Das würde ich nicht empfehlen. Lassen Sie ihn ruhig bis aufs Festland kommen, dann können wir ihn uns ohne Schwierigkeiten schnappen. Schicken Sie einen Mann nach Southampton und lassen Sie ihn bis Paris beschatten. In Paris kann er ihn abschirmen.«

Polizeichef Mason nickte. »Wenn Ihre Theorie stimmt, muß es eine Möglichkeit geben, sie zu beweisen«, sagte er. »Es wird vielleicht nicht einfach sein …«

»Im Gegenteil, es wird sogar sehr einfach sein«, erwiderte Reeder. Er wandte sich an Gaylor. »Sie erinnern sich an das Schlafzimmer über dem Raum, in dem der Mord geschah – oder in dem er zumindest unserer Meinung nach geschah? Sie haben sicher Aufnahmen davon machen lassen.«

»Ich hole sie.« Gaylor verließ das Zimmer.

Er kam mit einem Stapel von Vergrößerungen zurück, die er auf den Tisch legte.

»Das meine ich«, sagte Reeder und deutete auf ein Foto.

»Die Uhr? Ja, die ist mir auch aufgefallen.«

»Selbstredend«, sagte Reeder.

»Aber die meisten seefahrenden Leute – selbst die Flußschiffer – lassen sie dort anbringen.«

Die kleine Uhr war an die Decke geschraubt, unmittelbar über dem Bettgestell, so daß man vom Bett aus sehen konnte, wie spät es war. Sie hatte Leuchtzeiger, wie Reeder festgestellt hatte.

»Bitte lassen Sie die Uhr entfernen und die Decke vergipsen«, sagte er jetzt. »Das Bett räumen Sie heraus und lassen statt dessen einen Tisch und einen Stuhl ins Zimmer stellen. Ich schätze, daß ich in zwei Tagen soweit bin, daß sich eine weitere Strafverfolgung des jungen Southers von selbst erledigt.«

»Ich gebe Ihnen freie Hand«, meinte Mason. »Sie haben ja den Fall gut im Griff, Mr. Reeder. Ein Fahndungsbefehl nach Ligsey ist hinausgegangen, und die Flußpolizei hat

Anweisung, an den Ufern nach ihm zu suchen.«

»Von allen Abteilungen der Londoner Polizei gebe ich der Flußpolizei noch die größte Chance, Mr. Ligsey zu finden«, erwiderte Reeder.

Von Big Ben schlug es elf, als er eine Straßenbahn bestieg, die ihn von der Westminster Bridge bis zum Anfang seiner Straße brachte. In den Tagen – und besonders in den Nächten –, in denen seine gefährliche Tätigkeit Mr. Reeder besonders intensiv in Anspruch nahm, blieb seine Haushälterin auf dem Posten, bis er zu Bett ging. Sie empfing ihn schon an der Tür mit einer Nachricht.

»Mr. Gaylor hat angerufen, Sir. Er schickt Ihnen ein Kästchen, das Sie sich bitte mal ansehen möchten. Er sagt, Sie sollten vorsichtig sein, wegen der Abdrücke.«

»Schon gut«, sagte Reeder leicht gereizt. Daß Gaylor es für nötig hielt, ihn vor dem Verwischen von Fingerabdrükken zu warnen, hielt er für durchaus überflüssig. »Ist das Kästchen schon da?«

»Vor zehn Minuten gekommen, Sir.«

»Wann hat Mr. Gaylor angerufen?«

Das konnte sie nicht mit Bestimmtheit sagen, es mochte vor einer halben Stunde gewesen sein. Also gleich, nachdem ich den Yard verlassen hatte, dachte Reeder, und das Kästchen muß ein Fahrradbote gebracht haben.

Das Päckchen lag auf seinem Tisch, in einem dienstlich aussehenden Umschlag. Er zog den schweren, länglichen Kasten heraus, etwa 15 cm lang und 7,5 cm breit. Auf dem zugenagelten Deckel standen mit Druckbuchstaben die Worte: Für Mr. Reeder mit der Bitte um Prüfung und Rückgabe. New Scotland Yard, Raum 75. Reeder wog ihn in seiner Hand.

Bei manchen Leuten wird die Erinnerung durch den Geruch aktiviert, manche verlassen sich dabei auf ihren Blick und visuelle Eindrücke. Reeder hatte ein bemerkenswertes Fingerspitzengefühl für Gewichte, und er erinnerte sich an einen Gegenstand, der genauso schwer war wie dieser hier. Er setzte den Kasten behutsam wieder auf den Tisch und rief in Scotland Yard an. Gaylor war schon fort. Er versuchte es bei ihm zu Hause, aber dort war er noch nicht eingetroffen.

»Er möchte gleich zurückrufen, wenn er kommt«, bat Reeder und ging an seinen Schreibtisch, um sich zum dritten Mal an diesem Tag die alten Varietéprogramme und Theaterzettel, die Fotos und Ausschnitte aus *Era* und *Stage* anzusehen, die er im Laufe des Tages zusammengetragen hatte.

Um eins kam die Haushälterin und fragte, ob er noch etwas brauchte.

»Nein, danke«, sagte Mr. Reeder. Dann fiel ihm etwas ein. »Wo schlafen Sie eigentlich?«

»Eine Treppe höher, Sir.«

»Über diesem Zimmer?« vergewisserte sich Reeder. »Ja, dann ist es wohl besser, wenn Sie in der Küche bleiben, bis Mr. Gaylor sich gemeldet hat. Wenn Sie es sich dort gemütlich machen, ja, wenn Sie heute nacht dort schlafen könnten, wäre ich Ihnen sehr verbunden. Kein Grund zur Besorgnis«, fügte er rasch hinzu, als er sah, daß sich Bestürzung auf ihrem Gesicht breitmachte. »Es ist nur denkbar, daß ich – hm – vielleicht einen Detektiv nach oben schicken muß, der – hm – ein Gespräch mithören soll.«

Es war eine lahme Ausrede. Reeder war ein schlechter Lügner. Seine Haushälterin, eine gute, schlichte Seele, bestand zwar darauf, noch einmal nach oben zu gehen, um aufzuräumen, war aber bereit, sich danach ins Souterrain zurückzuziehen. Sie war kaum weg, als Gaylor sich meldete. Das Gespräch dauerte etwa fünf Minuten. Dann setzte sich der Detektiv wieder hin, um auf ihn zu warten. Inspektor Gaylor kam nicht allein, sondern in Begleitung zweier Experten vom Sprengstoffdezernat. Einer hatte eine empfindliche Federwaage mitgebracht, mit der das Päckchen gewogen wurde.

»Wenn wir 35 Gramm für die Kiste abziehen«, sagte der

Experte, »haben wir das exakte Gewicht einer Eierhandgranate. Ich wette, Sie haben recht, Mr. Reeder.« Er hielt das Päckchen ans Ohr und schüttelte es vorsichtig. »Nein, etwas Komplizierteres ist es nicht.«

Er holte ein Werkzeug aus der Tasche und hob einen Holzspan aus dem Deckel ab.

»Ja, da ist der Bügel. Der Sicherungsstift ist rausgezogen worden«, sagte er, nachdem er den Inhalt unter einer starken Lampe geprüft hatte. Er schnitt die Seitenwand weg. Eine schwarze Rundung kam zum Vorschein, die er lächelnd wie eine alte Bekannte begrüßte. »Sehen Sie das da?« Er deutete auf ein kleines Loch im Kasten. »Der Mann, der das gebracht hat, ist kein Risiko eingegangen. Er hatte, bis sein Angebinde abgeliefert war, einen Behelfssicherungsstift drin. Das ist im Handumdrehen erledigt.«

Es war kein leeres Versprechen. Reeder sah interessiert zu, wie der Beamte mit geschickten Fingern den Deckel abhob und gleichzeitig den Bügel der Handgranate herunterdrückte. Dann angelte er einen Stahlstift aus der Tasche und steckte ihn fest. Die Bombe hatte ihre Schrecken verloren.

»Sie haben natürlich das Packpapier aufgehoben?« sagte Gaylor. »War das die ganze Verpackung?«

Jedes Stück Papier wurde sorgfältig gefaltet und in einem Umschlag verstaut, und die beiden Sprengstoffexperten gingen hinunter, um Mr. Reeders gefährliches Geschenk in Sicherheit zu bringen.

»Sie haben dem Chef eine Menge verschwiegen«, sagte Gaylor zum Abschied. »Immer dieselben Tricks, Sie alter Halunke.«

Reeder verzog gepeinigt das Gesicht. »Das ist kein sehr schmeichelhafter Terminus«, sagte er.

»Aber so ist es doch«, beharrte Gaylor. »Sie behalten immer noch ein As im Ärmel, mit dem Sie uns im letzten Augenblick überraschen. Das ist entweder Ihr Sinn für Dramatik oder Ihr Sinn für Humor.«

Reeder zwinkerte kurz mit den Augen, dann wurde sein Gesicht wieder ausdruckslos. »Ich habe keinen – hm – Sinn für Humor«, behauptete er.

Humor oder nicht – eitel war er jedenfalls, und es ärgerte ihn, daß seine kleine Eigenheit so rücksichtslos ans Tageslicht gezerrt worden war.

Am nächsten Morgen war er um sechs auf; um halb acht war er schon auf dem Weg ins Themsetal. Am Vortag hatte er bei acht Bootshäusern zwischen Windsor und Henley angerufen. Danach stand für ihn fest, daß er das, wonach er suchte, bei Bourne End finden würde. Er hatte mit dem Bootsbauer, dem er jetzt seinen Besuch abstattete, schon telefoniert und fand ihn bei seiner Arbeit.

»Sie sind also der Mann, der nach der ›Zaira‹ gefragt hat. Ich wollte schon einen meiner Jungs nachsehen lassen, ob sie noch dort liegt, habe aber heute früh noch keinen Mann entbehren können.«

»Das ist mir ganz recht so«, gab Reeder zurück.

»Wirklich ein komischer Zufall, daß Sie ausgerechnet gestern anriefen«, sagte der Bootsbauer. »Da ist sie nämlich gerade auf dem Weg nach Marlow vorbeigekommen ... Nein, ich hatte sie noch nie gesehen, aber ich habe mir den Namen gemerkt. Gerade weil sie neu auf dieser Strecke war, ist sie mir aufgefallen. Eine Vierzehn-Meter-Jacht, fast neu, ganz schön starke Motoren, würde ich sagen. Es hat einen tüchtigen Wellenschlag gegeben, als sie vorbeirauschte.«

Nach Reeders Anruf, erzählte er, habe er mit Marlow telefoniert, wo die Jacht nicht vorbeigekommen war, und habe daraufhin einen seiner Leute auf den Treidelpfad geschickt, um sie ausfindig zu machen.

»Sie liegt an einer privaten kleinen Wasserstraße, die vom Fluß zu einem großen roten, seit Jahren leerstehenden Haus führt. Es ist niemand an Bord; vermutlich hatte der Eigner die Erlaubnis des Maklers. Wollen Sie den Kahn kaufen?«

Von dieser Seite hatte Reeder die Sache bisher noch nicht gesehen. Er dachte lange nach und vermittelte dem Bootsbauer den Eindruck, daß es nur der Preis war, der ihn daran hinderte, stolzer Besitzer der Jacht zu werden.

»Ja, es ist durchaus üblich, daß die Leute ihre Boote festmachen und dann monatelang allein lassen, besonders an einem privaten Landeplatz. Gefahrlos ist es nicht, im Winter kommen die Ratten ins Schiff. Diese großen Kähne kosten eine Menge Unterhalt, und eine ständige Aufsicht an Bord werden Sie sich nicht leisten können.«

Reeder ging, hin und wieder stehenbleibend, um die Landschaft zu bewundern, langsam den Treidelpfad entlang. Obgleich er eine genaue Beschreibung mitbekommen hatte, hätte er trotz der Ziegelbrücke, die ihn überspannte, den schmalen Kanal fast übersehen, der vom Fluß hereinkam, denn er war von Unkraut überwuchert und verlor sich allem Anschein nach in einem Gewirr von Bäumen und Unterholz. Mit einiger Mühe gelangte Mr. Reeder bis ans Ufer. Dort sah er, daß der Kanal mit Ziegelsteinen eingefaßt war. Obgleich er jetzt zumindest wußte, wo das Wasser begann, setzte er seine Schritte äußerst vorsichtig.

Der Kanal mündete in einen größeren Teich, eine Art Stauwasser. Als Reeder eine Buschgruppe passiert hatte, lag die Jacht plötzlich vor ihm, den Bug hätte er fast mit den Händen greifen können. Sie war vorn und achtern vertäut und machte einen verlassenen Eindruck. Über das Vordeck war eine Persenning gespannt. Nach dem, was der Bootsbauer ihm erzählt hatte, überraschte es Reeder nicht. Er schob die Hand in die Tasche und schritt vorsichtig an dem Boot entlang. Die Bullaugen waren nicht nur geschlossen, sondern auch noch mit Packpapier verhängt, so daß man nicht hindurchsehen konnte.

»Jemand an Bord?« rief er laut.

Keine Antwort. Auf der Flußmitte schwamm ein Moorhuhn spazieren, das beim Klang seiner Stimme eilig in Deckung ging.

Vorn war der Maschinenraum, möglicherweise mit einer Kabine für eine kleine Crew. Der Salon – der Raum mit den verhängten Bullaugen – lag achtern. Beide Kabinen waren von dem mittschiffs vertieften Teil des Oberdecks aus zugänglich, wo Reeder auch das mit einer Leinwandhülle geschützte Steuerrad entdeckte. Die Türen waren mit Vorhängeschlössern gesichert.

Reeder sah sich kurz noch einmal um, dann ging er an Bord und kletterte eine kleine Leiter zu den Kabinen hinunter. Das Vorhängeschloß an der Tür zum Salon war abgeschlossen, aber es war eine sehr einfache Konstruktion. Reeder hatte sich für den Fall, daß er Glück haben würde und dies tatsächlich das gesuchte Boot war, entsprechend vorbereitet.

Drei der Schlüssel, die er mitgebracht hatte, mußte er ausprobieren, ehe das Schloß sich öffnete; er zog die Haspe heraus, drehte den Türknauf und zog die Tür auf. Zunächst sah er gar nichts. Dann knipste er eine Taschenlampe an und richtete ihren Lichtkegel in den kleinen Raum.

Der Salon, dessen Boden etwa einen halben Meter unter der Decksebene lag, war leer. Aber dort …

Mitten im Raum, im Lichte der Taschenlampe blinkend, lag ein silberner Revolver mit weißem Griff.

»Sehr interessant«, sagte Reeder und stieg in den Salon hinunter.

An der untersten Stufe drehte er sich um und begann rückwärts zu gehen, mit dem Gesicht zur Tür, durch die er gekommen war, die Mündung seines Browning auf sie gerichtet. Sein Absatz berührte die Pistole. Er machte noch einen Schritt rückwärts und bückte sich, um sie aufzuheben …

8

Reeder merkte, daß sein Kopf schmerzte. Das Licht, das von einer kleinen Kugellampe an der Kabinendecke kam, tat seinen Augen weh. Jemand sprach hoch und aufgeregt; Reeder haßte Falsettstimmen. Allmählich kam er wieder zu sich.

Er war entsetzt, daß er zum Mitspieler einer ausgesprochen unwirklichen Szene geworden war. Sie gehörte nicht zu der Welt des Wirklichen, in der er lebte und arbeitete, sondern schien aus einem verrückten, ja geradezu unmöglichen Roman zu stammen.

Der Mann, der, die Hände um die Knie gelegt, in einer Sofaecke saß, war ... Mr. Reeder suchte nach einem passenden Wort. Theatralisch – ja, das traf es. Er trug einen rotseidenen Schlafrock, eine Teufelskappe und eine lange, schwarze, spitzenbesetzte Maske, die sogar noch das Kinn verbarg. Die glitzernden Ringe an den Händen sprühten im schwachen Deckenlicht Blitze.

Reeder konnte sich kaum bewegen. Um seine Handgelenke lagen Handschellen, die Beine waren schmerzhaft fest gefesselt, und in seinem Mund steckte ein hinter den Ohren locker befestigter Holzpflock, der ihm bis jetzt noch nicht weh tat, aber das konnte noch kommen. Zumindest enthob ihn diese Vorkehrung der Notwendigkeit, dem triumphierenden Mann in der Sofaecke Rede und Antwort zu stehen.

»Haben Sie gehört, was ich sagte, großer Meister?« Der Mann im roten Schlafrock sprach mit leicht ausländischem Akzent. »Sie sind so klug, und doch bin ich klüger, nicht wahr? Das alles habe ich ganz allein geplant. Die blitzende Pistole auf dem Boden – nur so konnte ich Sie dazu bringen, sich zu bücken, Ihren Kopf ins Gas zu stecken. Es war ein sehr schweres Gas, das nur langsam entweicht, aber meine große Angst war, Sie könnten eine Zigarette fallen lassen; das hätte alles verraten. Hätten Sie eine kleine Weile gewartet, wäre das Gas zur offenen Tür hinausgeströmt. Aber nein, Sie mußten unbedingt die Pistole haben! Sie bückten sich, hoben sie auf – *et voilà.*«

Die Ringe an seinen Händen blitzten verwirrend.

»Sie sind Verbrecher gewohnt, die keinen Verstand im Kopf haben«, fuhr er fort. »Zum ersten Mal, mein lieber Reeder, begegnen Sie einem, der alles Schritt für Schritt genau geplant hat. Entschuldigen Sie.« Er stand auf, beugte sich vor und löste den Knebel.

»Ich führe ungern Unterhaltungen, die nur einseitig sind«, sagte er liebenswürdig. »Wenn Sie Schwierigkeiten machen, werde ich Sie erschießen, und das ist dann das Ende vom Lied. Aber zunächst möchte ich, daß Sie alles erfahren. Sie kennen mich?«

»Bedaure, aber ich hatte noch nicht das Vergnügen«, sagte Reeder. Der Mann lachte leise.

»Zu schade, daß Sie diesen Ihren größten Fall, sozusagen Ihr *chef d'œuvre,* nicht mehr werden auskosten können. Man bedenke – der einzige Mann in Ihrer Bekanntschaft, dem es gelungen ist, einen Mord zu planen und ungeschoren damit davonzukommen. Wissen Sie, wo Sie sind?«

»Ich bin auf der ›Zaira‹«, sagte Reeder.

»Wissen Sie, wem sie gehört?«

»Einem gewissen Clive Desboyne.«

Wieder lachte der Mann leise. »Dem unglücklich Verliebten, nicht wahr? Armer Kerl! Er glaubte, seine Jacht sei – raten Sie mal – in Twickenham, zur Frühjahrsüberholung. Er hat Ihnen vielleicht gesagt, daß er dumm genug war, sie auf zwei Monate zu vermieten? Nein, das hat er Ihnen nicht erzählt? Interessant. Vielleicht hat er es vergessen.«

Reeder nickte gedankenvoll.

»Erzählen Sie, mein Freund – meine Zeit ist sehr knapp bemessen, und ich kann mich nicht allzulange mit Ihnen aufhalten – wissen Sie, wer Attymar ermordete?«

»Sie sind Attymar«, sagte Reeder, was der Mann im rotseidenen Schlafrock mit einem Ausbruch schrillen Gelächters quittierte.

»Was für ein kluger Junge! Gut, daß ich Sie erwischt habe. Sonst –« Er zuckte leicht die Achseln. »Das ist wirklich ein guter Witz. Ich soll Attymar sein? Spreche ich denn so wie er? Vielleicht, wer weiß ...«

Er glitt vom Sofa, ging mit geschmeidigen Schritten auf Reeder zu und band den Knebel wieder fest.

»Was meinen Sie, wo Sie heute nacht liegen werden, mit einer dicken Kette beschwert? Ich kenne alle tiefen Stellen in der Themse. Jahre werden vergehen, ehe man Ihre Leiche findet. Man bedenke – London wird seinen großen Mr. Reeder verlieren. Wie viele Leute haben schon versucht, Sie umzubringen, mein Freund? Keinem ist es gelungen, weil es ganz gewöhnliche Verbrecher waren, Dummköpfe, die sich nicht auf generalstabsmäßige Planung verstanden.«

Reeder sagte nichts. Er konnte seine Hand nicht hoch genug heben, um den Druck des Knebels zu verringern, denn von dem Mittelglied der Handschellen lief eine Schnur zu den Riemen, die seine Fußgelenke fesselten.

Der Mann in Rot beugte sich über ihn. Seine Augen glühten hinter den Öffnungen in der Maske.

»Letzte Nacht habe ich Sie auf die Probe gestellt. Ist dieser Mann dumm, oder ist er klug, habe ich mich gefragt.« Er sprach rasch und leise. »Deshalb habe ich Ihnen das Bömbchen geschickt. Auch Desboyne wird heute nacht sterben, und unser Freund Mr. Southers wird gehenkt werden, und damit ist es aus mit euch. Ich aber werde in die Südsee segeln, und niemand wird mir etwas anhaben können, denn ich bin zu klug für euch.«

Reeder fand seine Ausführungen etwas eintönig. Ungeachtet seiner äußerst prekären Lage war er ausgesprochen gelangweilt. Der Mann in Rot mußte etwas gehört haben, denn er lief zur Tür und lauschte aufmerksam, dann ging er die Treppe hinauf, schlug die Tür hinter sich zu und ließ das Vorhängeschloß zuschnappen. Reeder hörte, wie er weiter hinaufstieg. Vermutlich ging der Mann an Land, um sich um den Störenfried zu kümmern.

Es war der Bootsbauer, der nach dem Rechten sehen wollte. Der grauhaarige Mann mit der krummen Schulter, dem weißen Schnurrbart und dem leicht schiefen Gesicht, der ihn in Empfang nahm, konnte ihn beruhigen: Mr. Reeder habe ein Angebot für die Jacht gemacht, das jedoch abgelehnt worden sei, worauf der Detektiv in Richtung Marlow davongegangen sei.

Dem Gefangenen blieb eine Viertelstunde, um seine mißliche Lage zu prüfen und auf Abhilfe zu sinnen. Reeder überzeugte sich zunächst davon, daß es kein Problem war, seine Hände aus den stählernen Armbändern zu befreien. Er hatte ungewöhnlich schmale Handgelenke; seine großen, knochigen Hände waren irreführend. Er zog eine Hand heraus, rückte den Knebel in eine etwas angenehmere Lage und setzte sich auf. Er schwankte und konnte von Glück sagen, daß er nicht hinfiel. Der Versuch brachte ihm zum Bewußtsein, wie gefährlich es gewesen wäre, einen Fluchtversuch zu machen, ehe er wieder zu Kräften gekommen war. Sein Browning war ihm abgenommen worden, auch der Revolver mit dem weißen Griff war fort. Er schlüpfte wieder in die Handschellen und hatte sich allem Anschein nach nicht bewegt, als sein Zerberus den Kopf zur Tür hereinsteckte.

»Auf Essen werden Sie heute leider verzichten müssen. Es macht Ihnen hoffentlich nichts aus?«

Reeder sah jetzt, daß an der Innenseite der Tür zum Salon eine Stahltür angebracht war, in der gleichen Farbe wie die Täfelung der Kabine – und auf diese Entdeckung gründete er seine Hoffnung, mit dem Leben davonzukommen. Sein Widersacher hatte – warum, begriff Reeder weder jetzt noch später – von außen zwei Lampen eingeschaltet, so daß er seine Umgebung genauer in Augenschein nehmen konnte.

Die Bullaugen – er verstand jetzt, warum sie mit Packpapier verhängt worden waren – kamen als Fluchtweg nicht in Frage. Er hätte kaum die Arme hindurchstrecken können. Als sein Schlachtplan feststand, handelte Reeder mit gewohnter Zielstrebigkeit. Er konnte sein Leben nicht von den Launen dieses Mannes abhängig machen. Offensichtlich wollte er ihn in der Nacht auf die Themse hinausfahren und mit Ketten beschwert über Bord werfen; aber es war auch denkbar, daß er – aus gutem Grund – seinen Plan noch änderte, und das, überlegte Reeder, wäre sehr bedauerlich.

Er wußte nicht, daß seine schlimmsten Befürchtungen um ein Haar Wahrheit geworden wären. Der Mann, der in Hemdsärmeln dastand und ins träge Wasser starrte, hatte plötzlich begriffen, welche Gefahren der Besuch eines neugierigen Polizisten mit sich bringen würde. Der Bootsbauer würde bestimmt nicht den Mund halten. Reeder genoß ein gewisses internationales Ansehen, und die Ortspolizei würde ihn sicher nur zu gern kennenlernen wollen.

Klatsch verbreitet sich an einem Fluß wie ein Lauffeuer. Er ging in den Maschinenraum, wo er sein Phantasiegewand und seine Teufelskappe abgelegt hatte, und holte eine kleine Stahlflasche hervor. Er brauchte nur den Stutzen zu öffnen, die Flasche neben dem hilflosen Mann auf den Boden zu stellen, und in einer guten Viertelstunde ...

Kaltblütig griff er nach zwei schweren Ketten, die er auf den Decksboden fallen ließ. Reeder hörte das Rasseln. Er zog eine Hand aus der Handschelle, was nicht ohne Schmerzen abging, befreite sich von dem Knebel, setzte sich auf und löste die Fußfesseln. Sein Kopf dröhnte von den Nachwirkungen des Gases. Beim Aufstehen taumelte er. Mit dem zweiten Handschellenring ließ er sich Zeit. Er war jetzt so nahe an der Tür, daß er versuchen konnte, den Riegel vorzuschieben. Zuerst rührte er sich nicht, endlich setzte er sich doch in Bewegung und rastete scharrend ein.

Der Mann an Deck hatte es gehört. Er lief zur Tür, rüttelte daran, nahm das Vorhängeschloß ab und versuchte, mit Gewalt in die Kabine einzudringen.

»Sie kommen leider ein bißchen spät«, rief Reeder freundlich.

Er glaubte, den Zorn seines Gegners fast körperlich zu

spüren. Seine Eitelkeit war schwer getroffen. Er stand ausgerechnet vor dem Mann als Pfuscher da, den er unbedingt beeindrucken wollte.

Dann hörte der Mann draußen ein Klirren und sah Glassplitter aus einem Bullauge fliegen. In der Tür waren fünf kleine Luftlöcher, von denen er vier mit Lehm abgedichtet hatte. Er nahm die Stahlflasche und stieß den Stutzen durch das fünfte. In seiner Verzweiflung kam ihm ein kühner Gedanke. Reeder hörte einen Anlasser, dann leises Motorengebrumm und eilige Schritte. Er spähte durch das Bullauge, aber es lag so tief, daß er das Ufer nicht erkennen konnte.

Vergeblich sah Reeder sich nach einer Waffe um. Eines stand fest: Der Mann in Rot würde es nicht wagen, auf die Themse zu flüchten. Dort herrschte so viel Verkehr, daß sein kleines Boot bestimmt aufgefallen wäre. Andererseits konnte er nicht bis zum Anbruch der Dunkelheit warten. Seine Lage war so verzweifelt, wie die von Reeder es noch vor kurzem gewesen war.

In diesem Augenblick fiel ein Schuß, gleich darauf ein zweiter. Reeder hörte Rufe, jemand kämpfte sich durchs Gebüsch am Ufer. Dann Clive Desboynes tiefe Stimme:

»Reeder, sind Sie da? Alles in Ordnung?«

Reeder, Sklave seiner Höflichkeit, legte den Mund an das zerbrochene Bullauge und antwortete.

Es dauerte eine Weile, bis es Desboyne gelang, das Vorhängeschloß zu entfernen. Dann ging die Tür auf, und Reeder trat heraus.

»Was bin ich froh, daß Ihnen nichts passiert ist«, stieß Desboyne atemlos hervor. »Wer war denn dieser alte Kerl, der auf mich geschossen hat?«

Er deutete auf die Stelle, an der der Kanal einen Bogen machte.

»Ist da ein Haus oder eine Straße oder was? In diese Richtung ist er gelaufen. Was ist denn passiert?«

Reeder hatte sich auf einen kleinen Klappstuhl gesetzt

und hielt sich den hämmernden Kopf. Nach einer Weile sah er auf.

»Mir ist der Welt größter Verbrecher begegnet«, sagte er feierlich. »Der Mann ist so gerissen, daß er noch am Leben ist. Er heißt Attymar.«

Clive Desboyne riß verblüfft den Mund auf. »Attymar? Der ist doch tot!«

»Schön wär's«, erwiderte Reeder bissig. »Ich habe leider den begründeten Verdacht, daß es nicht so ist. Nein, nein, junger Mann, ich werde Ihnen nicht erzählen, was geschehen ist. Die Sache ist mir etwas peinlich. Ich bin nicht besonders stolz darauf, daß dieser ...« er zögerte einen Augenblick, »daß dieser Amateur mich aufs Kreuz gelegt hat. Aber wie kommen Sie hierher?«

»Ein glücklicher Zufall. Was mich hergetrieben hat, weiß ich eigentlich selbst nicht. Ich hatte wegen Reparaturen an der Jacht mit Twickenham telefoniert – im übrigen kennen Sie das Boot ja schon von dem Foto in meiner Diele. Es war das Bild, bei dem Sie errieten, wann es aufgenommen worden war. Ich vermiete die ›Zaira‹ gelegentlich, vor zwei Monaten zum Beispiel an einen Italiener oder Serben, aber der hat das Boot so schlecht behandelt, daß ich Anweisungen gab, es zur Werft zurückzuholen. Dort haben sich die Leute ans Telefon gehängt und herumgefragt, wo die Jacht ist. Und so erfuhr ich, daß Sie hier sind. Sie sehen ziemlich mies aus.«

»Mir ist auch mies«, sagte Reeder. »Und da sind Sie –«

»Ich habe mich in den Wagen gesetzt und bin hergefahren. Ich hatte das Gefühl, als ob irgendwas nicht stimmt. Dann traf ich jemanden, der mit dem Bootsbauer gesprochen hatte, und der erzählte mir von diesem alten Kerl. Daß der an Bord war, hörte ich zum ersten Mal, und da wollte ich selber nach dem Rechten sehen. Er hatte mich kaum entdeckt, da zog er eine Waffe und ballerte los. Dann machte er kehrt und flüchtete durchs Unterholz.«

»Sind Sie bewaffnet?« fragte Reeder.

Desboyne lächelte. »Nein, nie!«

»Dann wäre es leichtsinnig, meinen Gegner zu verfolgen. Überlassen wir das ruhig der Polizei. Steht Ihr Wagen in der Nähe?«

Die Straße war nur etwa fünfzig Meter weit entfernt.

»Verdammt, ich habe ihn vor dem Tor eines leeren Hauses stehengelassen«, sagte Desboyne plötzlich. »Ob der Alte dorthin geflüchtet ist? Hoffentlich ist mein Wagen noch da.«

Das Zweisitzer-Coupé, das bei dem armen Johnny Southers so heftiges Mißfallen erregt hatte, stand tatsächlich noch in der Einfahrt des verlassenen Gebäudes. Clive hatte Mühe, den Motor zu starten; dabei fiel ihm offenbar etwas ein.

»Haben wir nicht den Motor vom Beiboot laufengelassen?« fragte er. »Wenn Sie noch einen Augenblick Zeit haben, gehe ich rasch zurück und stelle ihn ab. Dann benachrichtige ich die Polizei und beauftrage jemanden, die ›Zaira‹ nach Maidenhead zurückzubringen.«

Er war zehn Minuten weg. Reeder blieb genügend Muße, den Wagen bewundernd zu umkreisen. In der Nacht hatte es geregnet. Er machte diese interessante Entdeckung vor Desboynes Rückkehr.

»Wir fahren am besten nach Marlow, dort finde ich bestimmt jemanden, der das Boot abholt«, sagte dieser, während er einstieg. »So ein tolles Stück habe ich wirklich noch nicht erlebt. Erzählen Sie mir mal genau, was passiert ist.«

Reeder lächelte wehmütig. »Werden Sie es mir sehr übelnehmen, wenn ich Ihnen diese Bitte nicht erfülle? Es ist nämlich so, daß ich von einer vielgelesenen Tageszeitung gebeten worden bin, meine Memoiren zu schreiben, und da sollen natürlich alle persönlichen Erfahrungen diesem bedeutenden Werk vorbehalten bleiben.«

Er war jedoch bereit, über andere Themen zu sprechen, zum Beispiel über den glücklichen Umstand, daß Desboynes Wagen, obgleich er in Reichweite des Gegners gewesen war, noch vor dem Haus gestanden hatte.

»Ich hab den Kerl nie zuvor gesehen und hoffe aufrichtig, daß es bei dieser einen Begegnung bleibt«, sagte Desboyne. »Aber es müßte eigentlich möglich sein, ihn aufzuspüren. Natürlich möchte ich nicht gegen ihn aussagen. Es ist geradezu absurd – da wird man beschossen und kann sich nicht wehren.«

»Wozu sich den Kopf zerbrechen«, sagte Mr. Reeder. »Ich persönlich sage in einem Prozeß nie aus, um private Rachegelüste zu befriedigen. Allerdings ist es nicht ausgeschlossen, daß ich in naher Zukunft von dieser jahrelangen Gewohnheit abgehen werde.«

Am Bootshaus stieg er aus und hörte schweigend zu, wie Clive Desboyne mit Twickenham telefonierte und die genaue Lage des Bootes angab.

»Sie holen es ab«, sagte er, nachdem er aufgelegt hatte. »Wie soll ich mich der Polizei gegenüber verhalten, Mr. Reeder?«

Reeder schüttelte den Kopf. »Ich an Ihrer Stelle würde keine Anzeige erstatten«, sagte er. »Man würde dafür doch nicht das rechte Verständnis haben.«

Während der Rückfahrt nach London war er Clive Desboyne gegenüber freundlicher als je zuvor und bedeutend mitteilsamer als damals, als es um den Mordfall Attymar gegangen war.

»Sie haben noch nie einen Mord erlebt –«

»Und ich reiße mich auch nicht darum«, erklärte Clive.

»Sehr lobenswert. Die Jugend von heute ist viel zu morbide«, sagte Reeder. »Dieses Verbrechen ist besonders interessant, weil es offenbar von einem Mann geplant wurde, der sich ausführlich mit der Kunst des Mordens und den Methoden des Durchschnittsverbrechers befaßt hatte. Für ihn stand fest, daß ein Mörder bei entsprechender Intelligenz und Umsicht für eine solche – hm – Tat nicht büßen müßte.«

»Und wird er recht behalten?« fragte Desboyne gespannt.

Reeder rieb sich die Nase und dachte lange nach. »Nein, das glaube ich nicht. Ich schätze, daß er hängen wird. Ja, ich bin meiner Sache ziemlich sicher.«

Wieder entstand eine längere Pause.

»Aber gerissen war er, das muß man ihm lassen! Zum Beispiel mußte er den Streifenpolizisten neugierig machen und Hinweise geben, daß etwas passiert war. Er ließ die kleine Pforte neben dem Tor auf Tennys Werft offenstehen, stellte eine Laterne auf den Boden und eine weitere in die Tür des Häuschens, so daß selbst der uninteressierteste Beamte gezwungen gewesen wäre, nachzusehen.«

Clive Desboyne runzelte die Stirn.

»Ich möchte wirklich gern wissen, wer eigentlich ermordet wurde! Attymar kann es nicht sein, denn Sie haben ihn heute gesehen. Und Ligsey kann es auch nicht sein, denn Sie haben mir selbst erzählt, daß er am Leben ist. Was wollte eigentlich Johnny Southers bei Attymar?«

»Man hatte ihm eine Stellung angeboten, eine Teilhaberschaft bei Attymar. Attymar hatte zwei oder drei Lastkähne, und bei entsprechendem Einsatz hätte sich aus dem Geschäft etwas machen lassen. Southers wußte ja nicht, was für ein Typ dieser Attymar war. Die Verabredung wurde telefonisch getroffen, Southers stellte sich pünktlich ein, sprach im Dunkeln mit Attymar – oder jedenfalls mit einem männlichen Wesen – und wurde, so sehe ich das jedenfalls, in diesen wenigen Minuten mit Blut bespritzt. Wessen Blut es war, werden wir noch herausbekommen. In Frankreich gab es im Jahre 1847 einen ähnlichen Fall. Madame Puyeres ...«

Er verbreitete sich ausführlich über den Fall Puyeres.

»Ja, in dieser Hinsicht war er also durchaus gerissen, unser Freund – die Blutspritzer, die Laternen, die Beseitigung von Mr. – hm – der Name ist mir momentan entfallen, ich meine den Theateragenten mit dem unappetitlichen

Ruf. Aber er hat einen Kardinalfehler begangen. Sie kennen das Haus – nein, natürlich nicht, Sie waren nie dort.«

»Welches Haus?« fragte Clive neugierig.

»Attymars Haus. Es ist kaum mehr als ein Wiegeschuppen. Sie waren nicht dort? Nein, offenbar nicht. Wenn Sie Spaß daran haben, die Demonstration eines verbrecherischen Irrtums zu erleben, kann ich Ihnen das in diesem Fall direkt vor Ort bieten.«

»Wird dieser Irrtum Johnny Southers retten?« fragte Desboyne.

Reeder nickte. »Ganz gewiß. Wie seltsam sind doch die – hm – Launen menschlichen Geistes, und wie kurios die Pfade, auf die unsere – hm – Eitelkeit uns lockt.«

Er schloß die Augen und schien, während sie durch Shepherd's Bush fuhren, mit seinem inneren Ich Zwiesprache zu halten. Mr. Desboyne setzte ihn vor Scotland Yard ab. Sie verabredeten sich für den gleichen Nachmittag in der Shadwick Lane.

»Nichts Neues von Ligsey«, sagte Gaylor, als Reeder sein Büro betrat.

»Das hätte mich auch gewundert«, antwortete Reeder. »Einmal, weil er tot ist, und zum zweiten, weil – also, ich habe keine Nachricht von ihm erwartet.«

»Wissen Sie, daß er gestern abend mit dem Chef telefoniert hat?«

»Das wundert mich nun wieder überhaupt nicht«, erwiderte Reeder fast frivol.

Sie sprachen über Johnny Southers und das Belastungsmaterial gegen ihn und über das enttäuschende Ergebnis, das eine gründliche Durchsuchung des Gartens gezeitigt hatte. Die Polizei hatte alle Beete umgegraben und in Mr. Southers' Blumenrabatten unmeßbaren Schaden angerichtet.

»Nach unseren Informationen sollte er dort mehrere tausend Pfund Bargeld versteckt haben, aber wir haben nichts gefunden.«

»Wieviel war in der Kiste im Werkzeugschuppen?«

»Nur um die hundert Pfund«, sagte Gaylor. »Angeblich hatte er das ganz große Geld im Garten verborgen, aber aufgetaucht ist bisher kein Penny.«

»Pech«, sagte Reeder mitfühlend. Dann fiel ihm etwas ein. »Hätten Sie etwas dagegen, wenn ich einem jungen Freund heute nachmittag Attymars Haus zeige? Das Verbrechen der vorsätzlichen Tötung als solches interessiert ihn nicht, aber da er Southers' Verteidiger bezahlt ...«

»Von mir aus gern, aber fragen Sie lieber noch den Chef.«

Der Polizeipräsident war nicht im Hause, und die Chance, ihn noch konsultieren zu können, schwand dahin, als Clive Desboyne sich meldete, der, wie er sagte, es einfach mal versucht hatte, Reeder im Yard zu erwischen, und ihn zum Mittagessen einlud.

»Anna Welford kommt auch. Ich habe ihr erzählt, daß sich Ihrer Meinung nach Johnnys Unschuld beweisen läßt, und da möchte sie natürlich gern mit Ihnen sprechen.«

Die Einladung brachte Reeder in einige Bedrängnis, aber er zeigte sich, wie stets, der Lage gewachsen. Er sagte unverzüglich zwei wichtige Besprechungen ab und saß mittags zwischen einer überschwenglichen jungen Dame und einem ziemlich aufgekratzten Wohltäter. Die einzige von ihm vorausgesehene Schwierigkeit erledigte sich ohne sein Zutun. Anna wollte nachmittags Einkäufe machen, so daß er mit Clive Desboyne allein losfuhr – zu dem »unheimlichsten Nachmittagsvergnügen, das ich je erlebt habe«, wie dieser sich ausdrückte.

9

Ein Wagen setzte sie am Ende der Shadwick Lane ab, die sich bereits anschickte, ihr Alltagsleben wieder aufzunehmen, und sich an die traurige Berühmtheit gewöhnt hatte, die sie dem Mord verdankte.

Am Tatort, aber hinter dem Tor, stand ein Polizeiposten. Reeder öffnete die kleine Pforte neben dem Tor, und Clive Desboyne trat ein. Sichtlich angewidert sah er sich auf dem unordentlichen Hof um.

»Wie unerfreulich«, sagte er. »Ich bin wahrhaftig nicht pingelig, aber so etwas Jämmerliches ist mir noch nicht untergekommen.«

»Für den – hm – Gentleman, der ermordet worden ist, dürfte es noch weit unerfreulicher gewesen sein«, sagte Mr. Reeder.

Er ging voraus ins Haus und zeigte Desboyne den Raum, in dem – »davon bin ich fest überzeugt« – der Mord geschehen war. Dann stieg er die schmale Treppe zu Captain Attymars Wohnzimmer hinauf.

»Wenn Sie sich an diesen Tisch setzen, können Sie sich den Grundriß des Hauses besser klarmachen. Ich kann Ihnen vielleicht ergänzend noch die eine oder andere interessante Einzelheit erzählen.«

Mr. Reeder schaltete eine Tischlampe ein, Clive Desboyne nahm Platz und folgte allem Anschein nach äußerst gefesselt Reeders Darlegungen.

»Wenn Sie Zeit haben – wie spät ist es eigentlich?«

Clive Desboyne sah zur Decke auf, wo er seinen Blick geraume Zeit verweilen ließ. »Da müßte ich raten«, sagte er langsam. »Vier Uhr.«

»Herzlichen Glückwunsch, Sie haben es fast auf die Minute genau getroffen. Wie seltsam, daß Sie zur Decke hochgeblickt haben. Dort war nämlich früher eine Uhr.«

»An der Decke?« fragte Desboyne ungläubig. Er erhob sich, ging zum Fenster und sah auf den Hof hinaus. Von hier aus konnte er den Posten am Tor erkennen.

Ein Türchen in dem halb zerfallenen Zaun, das zur Shadwick Passage führte, war unbewacht. Plötzlich deutete Desboyne zum Kai hinunter. »Dort ist der Mord geschehen«, sagte er leise.

Reeder trat zum Fenster und reckte den Hals. Den Aufschlag des Gummiknüppels auf seinem Schädel spürte er nicht mehr. Lautlos sackte er in sich zusammen.

Clive Desboyne sah sich um, ging zur Tür und lauschte. Dann verließ er das Zimmer, schloß ab, ging die Treppe hinunter und trat auf die Kaianlage hinaus. Der Polizist warf ihm einen mißtrauischen Blick zu. Desboyne drehte sich um und wechselte ein paar muntere Worte mit dem unsichtbaren Reeder.

Gemächlich schlenderte er zur Vorderseite des Hauses. Niemand sah, wie er das Türchen zur Shadwick Passage öffnete. Das Ende der Shadwick Lane war abgesperrt, aber das Gäßchen war Gaylor zu spät eingefallen. Er war es, der Reeder fand und wieder zu sich brachte.

»Geschieht mir recht«, sagte Reeder, als er wieder reden konnte. »Zweimal an einem Tag! Ich werde allmählich zu alt für dieses Geschäft.«

10

Der seltene Fall, dem man nur eine Chance von eins zu fünfzigtausend zu geben pflegte, war eingetreten, und die leitenden Beamten von Scotland Yard redeten sich mit der Diskussion über das Weshalb und Warum hart an den Rand eines Schlaganfalls. Ein wegen Mordes gesuchter Mann war durch ein von der Polizei aufs Kunstvollste geknüpftes Netz geschlüpft. Die Flußpolizei hatte den Fluchtweg zu Wasser abgeriegelt, und Kriminalpolizei und ihre Kollegen in Uniform hatten einen Ring gebildet, der durchbruchsicher schien. Und doch war der Gesuchte durch einen dummen Zufall an zwei Kriminalbeamten vorbeispaziert, die ihn mit einem Bekannten verwechselt hatten.

Während Reeder in Scotland Yard wartete, erläuterte er ausführlich, wie sein Verdacht entstanden war.

»Meine Ermittlungen hatten ergeben, daß Attymar sich

tagsüber nie sehen ließ – außer bei seiner Crew, und auch die bekam ihn nur in der Dämmerung zu Gesicht. Er hatte Einkaufsgesellschaften in zahlreichen Städten des Kontinents gegründet und betrieb seit Jahren das Schmuggelgeschäft professionell. Das konnte er nur durchhalten, wenn er sich mit den Beschwernissen abfand, die das Leben eines Flußschiffers mit sich bringt. Gewiß, er hat sich diese Härten so weit wie möglich erleichtert; wenn er nicht gerade damit beschäftigt war, das Schmuggelgut, das in nächster Nähe seines Lastkahns in die Themse geworfen wurde, zu bergen und an dem zu Beginn seiner Tätigkeit erst gepachteten, dann gekauften Kai anzulanden, verbrachte er die meisten Nächte in seinem weichen Bett.

Es gab vieles, was ich mir an dem Fall zunächst nicht erklären konnte. Hätte Clive Desboyne sich nicht die Mühe gemacht, fast zur gleichen Stunde in der Brockley Road aufzutauchen, in der das Verbrechen entdeckt werden mußte – er wußte, wann der Polizist auf seinem Streifengang durch die Shadwick Lane kam –, wäre mein Argwohn vielleicht gar nicht erwacht. Es war – so gut seine Aufrichtigkeit auch gespielt war – ein Fehler, daß er zu mir kam, um mir dieses Ligsey-Märchen aufzutischen. Denn nachdem die Tat entdeckt worden war und ich mich im Haus umgesehen hatte, stand für mich fest, daß Ligsey tot sein mußte, sonst hätte Desboyne es nie gewagt, diese Geschichte zu erfinden.

Desboyne brüstete sich mit seiner Gerissenheit als Verbrecher. Wie alle Kriminellen, die sich in diesem Wahn wiegen, sind ihm ein, zwei dumme Schnitzer unterlaufen. Als ich ihn in seiner Wohnung besuchte, waren die Wände voll von Fotos, die ihn zum Teil kostümiert zeigten. Es war der erste Hinweis darauf, daß er einmal auf der Bühne gestanden hatte. Ich entdeckte auch ein Foto der stromaufwärts fahrenden ›Zaira‹ mit dem Unterhaus im Hintergrund. Am Heck war jenes kleine, kanuförmige Beiboot festgemacht, das mir am gleichen Tage Hobbs, der Schiffsjunge, so genau beschrieben hatte. Desboyne wußte, daß er einen Fehler gemacht hatte, hoffte aber, ich würde den Bildern keine Bedeutung beimessen, insbesondere nicht dem Foto, das ihn als Fischhändler in der gleichen Aufmachung zeigte, in der sich Attymar zu präsentieren pflegte.

Als ich mich umhörte, erfuhr ich, daß ein gewisser C. Desboyne früher im Varieté als Prominentenimitator und Verwandlungskünstler aufgetreten war. Ich sprach mit Leuten, die sich an ihn erinnerten, einige konnten mir sogar genaue Einzelheiten über seine Anfänge erzählen. Zehn Jahre lang maskierte er sich als Attymar, steckte all seine Ersparnisse in einen Lastkahn, pachtete Tennys Werft und kaufte sie schließlich. Er ist ein genialer Organisator und hat zweifellos in den zehn Jahren seiner Tätigkeit ein beträchtliches Vermögen angesammelt. Natürlich hat niemand zwischen dem Flußschiffer und dem eleganten jungen Mann, der eine Wohnung in der Park Lane hat, einen Zusammenhang gesehen.

Was Ligsey über ihn gewußt hat, kann ich nicht sagen. Ich glaube allerdings, daß es herzlich wenig war und wir von ihm recht wenig hätten erfahren können. Attymar hatte herausbekommen, daß Ligsey sich mit mir in Verbindung gesetzt hatte. Erinnern Sie sich an den Brief, den er mir schickte? Gaylor sagte damals, der Umschlag sei noch einmal aufgemacht worden. Vermutlich war es Attymar, der ihn geöffnet hat. Damit war Ligseys Schicksal besiegelt. Clive in seiner maßlosen Eitelkeit traute es sich zu, ein großes Verbrechen zu planen, den Verdacht auf den Mann zu lenken, den er haßte, und gleichzeitig Ligsey, den einzigen Risikofaktor, zu beseitigen. Ich schätze, daß er mit den Vorbereitungen für Johnny Southers' Ende etwa drei Wochen vor dem Mord angefangen hat. Das Geld, das im Werkzeugschuppen deponiert wurde, war in der Mordnacht dort versteckt worden, während das Geld im Garten –«

»Geld im Garten?« wiederholte Mason. »Der Garten ist durchsucht worden. Ohne Ergebnis.«

Reeder hüstelte. »Jedenfalls ist das Geld im Werkzeugschuppen deponiert worden, um den Verdacht gegen Southers zu erhärten. Es war ungeschickt gemacht. Die Nachricht auf dem Zettel, die alten Rechnungen und die Geschichte, die Desboyne mir so effektvoll erzählte – all das hatte einen zweifachen Zweck. Einmal sollte Attymars Verschwinden verschleiert, zum anderen Southers zugrunde gerichtet werden.

Aber seinen vielleicht gerissensten und kühnsten Schlag hat er heute früh geführt. Ich war auf der Jacht, in seiner Gewalt. Er hatte mich erwartet, hatte mich wahrscheinlich beobachtet, seit ich in Bourne End eingetroffen war. Im Phantasiekostüm und bis zuletzt besorgt darum, ich könne Verdacht schöpfen, traf er alle Vorbereitungen für meinen – hm – unrühmlichen Abgang. Seinen Einfallsreichtum rechne ich ihm hoch an, und als Verwandlungskünstler dürfte er kaum seinesgleichen haben. Er brachte es fertig, an Land zu gehen und den Bootsbauer aus Bourne End zu täuschen. Wer hätte ihn in dem alten Mann mit der schiefen Schulter vermutet? Ebenso brachte er es fertig, zu meiner Rettung herbeizueilen, als er keine andere Möglichkeit sah, den Verdacht von sich abzulenken. Zu seinem Pech erkannte ich nicht nur, daß der Wagen die ganze Nacht draußen gestanden hatte, daß also seine Behauptung, er sei gerade erst aus London gekommen, gelogen war, sondern – hm – auch gewisse andere Dinge.«

Das Telefon läutete; Mason hob ab.

»Er ist vor einer Viertelstunde weggegangen, Sie wissen aber nicht wohin? Daß es Desboyne war, steht fest? Und sie hat nicht gesagt, wo sie sich treffen wollten?«

Reeder erhob sich seufzend.

»Höre ich recht? Sie haben zugelassen, daß Anna Welford aus dem Haus geht?« In seiner Stimme schwang ungeduldiger Zorn, den Mason ihm nicht einmal verdenken konnte.

Denn vor allem anderen hatte Reeder – bereits telefonisch von Rotherhithe aus – Anweisung gegeben, Anna Welford unter besonderen Polizeischutz zu stellen. Daß Desboyne sich in ihrer Straße würde sehen lassen, hielten Masons Leute allerdings für überaus unwahrscheinlich – womit sie sogar recht hatten. Kompliziert wurde der Fall dadurch, daß Anna an diesem Tag ausgegangen und noch nicht wieder nach Hause gekommen war, als die Polizeibeamten eintrafen. Sie hatte sich aber kurz vor Desboynes Anruf zu Hause gemeldet und die Nummer hinterlassen, unter der sie zu erreichen war. Diese Nummer hatte sich Desboyne notiert. Als später versucht wurde, mit Anna unter der angegebenen Nummer Kontakt aufzunehmen, stellte sich heraus, daß sie bereits weggegangen war, um sich an unbekanntem Ort mit Desboyne zu treffen.

»Also ist eigentlich niemand schuld«, sagte Gaylor.

»Ja, ja, das kennen wir«, fuhr Reeder ihn an.

Aus einer seiner Launen heraus hatte Clive Desboyne sich mit Anna Welford an der Ecke des Thames Embankment verabredet, nur fünfzig Meter von Scotland Yard entfernt. Sie eilte auf ihn zu und fand, daß ihm nichts anzumerken war, was auf ungewöhnliche Ereignisse hindeutete – wenn man von der guten Nachricht absah, die er ihr am Telefon erzählt hatte.

»Wo ist Johnny?« fragte sie, kaum daß sie ihn sah. Er lächelte belustigt.

»Jetzt müßte ich eigentlich sehr eifersüchtig sein«, neckte er sie. Er winkte einem Taxi und nannte dem Fahrer eine Adresse in Chiswick. »Reeder hat dich noch nicht erreicht? Das freut mich. Ich wollte doch der erste sein, der es dir sagt.«

»Ist er frei?« fragte sie ein bißchen ungeduldig.

»Er wird heute abend entlassen. Ich glaube, so ist es am besten. Den Behörden liegt daran, jedes Aufsehen zu vermeiden, und Scotland Yard hat sich ausgebeten, daß er keine Interviews gibt, sondern die Nacht auswärts verbringt. Ich habe mit meinem Vetter verabredet, daß er bis morgen bei ihm bleiben kann.«

Es hörte sich sehr überzeugend an, und als er unaufgefordert das Taxi anhalten ließ, eine Telefonzelle betrat und ihr dann berichtete, er habe ihrem Vater Bescheid gesagt, daß sie nicht vor acht zu Hause sein würde, weckte seine Uneigennützigkeit ein warmes Gefühl der Freundschaft in ihr.

»Ich bin auch von Reportern belagert worden und möchte ihnen gern aus dem Weg gehen. Wenn sie eine Sensation wittern, sind Presseleute zu allem fähig.«

In diesem Augenblick überholte der Lieferwagen eines der anstößigen Presseprodukte ihr Taxi; an den hinteren Türen klebte ein Plakat: KÜHNE FLUCHT EINES MUTMASSLICHEN MÖRDERS.

Etwas später sah Anna weitere Zeitungsplakate mit der Schlagzeile: LONDONER POLIZEI SUCHT MÖRDER.

Das Taxi bog in eine Seitenstraße ein und hielt an, als Clive an die Scheibe klopfte. Ein Stück weiter vorn war eine Garage. Clive ließ Anna kurz auf der Straße stehen, betrat die Garage und fuhr wenig später in einem kleinen geschlossenen Sportwagen wieder heraus.

»Das Coupé habe ich für alle Fälle immer hier stehen«, erläuterte er. »Man weiß nie, wann man mal einen zweiten Wagen braucht.«

Warum er ausgerechnet in Chiswick einen zweiten Wagen brauchen sollte, verriet er ihr nicht.

Er wählte nicht die Great West Road, sondern entschied sich für die längere Strecke über Brentford. Als sie Hounslow erreichten, begann es heftig zu regnen.

Sie war ihm so dankbar für alles, was er für sie getan hatte, daß sie nicht widersprach, als er vorschlug, nach Oxford weiterzufahren, obgleich sie nicht recht begriff, warum er das wollte, bis er ihr, als sie schon am Stadtrand waren, lächelnd erklärte, Johnny sei an diesem Morgen ins Gefängnis von Oxford verlegt worden.

»Ich wollte dich damit überraschen«, meinte er. »In London wissen es nicht mehr als drei Personen, und ich wollte vermeiden, daß du dich verrätst.«

Sie gingen in eine Teestube am anderen Ende der Stadt. Sie wunderte sich ein bißchen, weshalb er sie statt in ein Hotel in dieses ziemlich armselige kleine Lokal führte, sagte sich aber, daß er es sicher nur aus Rücksichtnahme tat, um den Reportern zu entgehen. Sie hielten sich so lange beim Tee auf, daß sie langsam etwas nervös wurde.

»Jetzt fahren wir zum Gefängnis und erkundigen uns«, sagte er schließlich.

Vor der Strafanstalt stieg er aus, klingelte und kam wenig später etwas kleinlaut lächelnd zu ihr zurück.

»Sie haben ihn vor einer halben Stunde entlassen, mein Vetter hat ihn abgeholt.«

Es wurde dunkel, der Regen fiel stetig. Sie fuhren auf einem anderen Weg in Richtung London zurück, kamen durch eine kleine Stadt, in der Anna Marlow zu erkennen glaubte, bogen jäh von der Hauptstraße ab und ebenso unvermittelt in eine dunkle, verwahrloste Auffahrt ein. Zu ihrer Linken sah Anna flüchtig eine glatte Wasserfläche aufschimmern, dann hielt der Wagen vor einer einschüchternd wirkenden Tür. Clive Desboyne stieg aus und schloß auf.

»Da wären wir«, sagte er munter und nahm ihre Hand – und ehe sie wußte, wie ihr geschah, stand sie in einer düsteren Halle, die nach Moder und Verfall roch.

Hallend fiel die Tür hinter ihnen ins Schloß.

»Wo sind wir? Hier – hier sind wir doch bestimmt nicht richtig«, sagte sie mit zitternder Stimme, und in diesem Augenblick wurde ihr altes Mißtrauen gegen ihn wieder wach.

»Wir sind hier durchaus richtig«, erwiderte er.

Aus der Tasche seines Regenmantels nahm er eine Taschenlampe und knipste sie an. Das Haus war möbliert – wenn man verrottende Teppiche und Sessel in Schutzüberzügen als Mobiliar bezeichnen kann. Er hatte sie fest am

Arm gepackt, ging mit ihr einen Korridor entlang, öffnete eine Tür und stieß sie hindurch. Zuerst glaubte sie, in einem völlig fensterlosen Raum zu sein, dann merkte sie, daß nur die Fensterläden geschlossen waren.

Das Zimmer war leidlich sauber. Ein Bett stand darin, ein Tisch und ein kleiner Ölofen. Auf einer Anrichte lagen ein paar abgepackte Lebensmittel.

»Bleib ganz ruhig und mach kein Theater!«

Er riß ein Streichholz an und hielt es an den Docht der Petroleumlampe, die auf dem Tisch stand.

»Was bedeutet das alles?« fragte sie. Ihr Gesicht war blaß und verstört.

Er antwortete nicht sofort. Dann sagte er: »Ich habe dich sehr gern – das bedeutet es. In etwa sechs Wochen werde ich wahrscheinlich hängen, und ein schönes Sprichwort sagt, daß man sowohl für ein Schaf, wie für ein Lamm gehenkt werden kann. Und du bist im Augenblick das Lamm.«

Seine blitzenden Augen ließen Anna nicht los. Vor Angst wäre sie beinahe in Ohnmacht gefallen.

»Was nicht bedeutet, daß ich dir die Kehle durchschneiden oder dich ermorden will, wie ich es heute früh mit Mr. Reeder vorhatte, als ich ihm auf der ›Zaira‹ etwas vorspielte. Das ist nur ein paar Meter von hier weg. Du wirst jetzt sehr vernünftig sein, meine Süße. Im Umkreis von fünf Meilen gibt es keinen Menschen, den im geringsten interessiert . . .«

Die Türangeln waren rostig und quietschten, wenn man die Tür öffnete. Sie quietschten jetzt. Clive Desboyne drehte sich mit einer geschmeidigen Wendung um und griff unter den Regenmantel.

»Keine Bewegung«, sagte Reeder leise. Es war seine übliche Warnung. »Und die Hände hoch! Sie sind ein Mörder – das könnte ich Ihnen noch verzeihen. Sie sind ein Lügner – das ist für mich, einen Mann mit hohen moralischen Ansprüchen, unverzeihlich.«

Die zwölf Kriminalbeamten, die seit drei Stunden in dem dumpfen, feuchten Haus gewartet hatten, drängten sich ins Zimmer. Dem aschfahlen Desboyne wurden Handschellen angelegt.

»Hoffentlich passen sie«, sagte Reeder liebenswürdig. »Ich hatte heute vormittag welche an, die viel zu groß waren.«

Inhalt

Dank neuer, werkgetreuer und ungekürzter Übertragung ein neuer Wallace – der ‹wahre› Edgar Wallace

448 Seiten / Leinen

Die spektakulärsten Krimifälle des «King of Crime» und Meisters des kalten Schauders – so, wie er sie geschrieben hat.